Roman Érotique

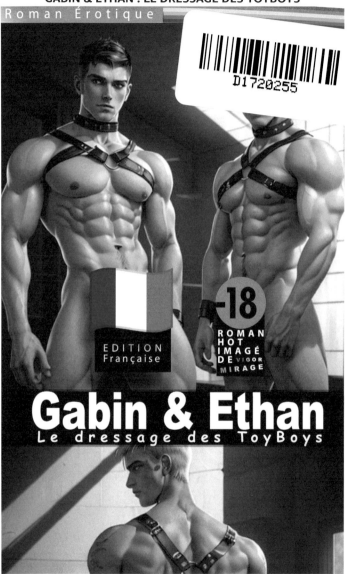

D1720255

EDITION
Française

-18
ROMAN
HOT
IMAGÉ
DE VIGOR
MIRAGE

Gabin & Ethan
Le dressage des ToyBoys

TABLE DES MATIÈRES

AVANT-PROPOS

Chers lecteurs aventureux,

Vous vous apprêtez à entrer dans un univers où les fantasmes prennent vie, où les désirs les plus enfouis trouvent un terrain de jeu à la hauteur de leur puissance. Avant de vous immerger dans ce monde empreint de passion et d'érotisme, quelques mots importants s'imposent.

Premièrement, il est essentiel de souligner que tous les personnages que vous rencontrerez dans ces pages sont des créations de l'imagination, des entités fictives sculptées à partir de l'argile de la fiction. Chacun d'entre eux est entièrement consentant et, sans exception, majeur, naviguant dans des interactions pleines de désir et de fascination mutuels.

Deuxièmement, veuillez noter que ce livre est explicitement destiné à un public adulte. Il explore des thèmes et des scénarios qui font appel à la littérature érotique adulte, plongeant profondément dans le monde du BDSM, de la domination et de la soumission. Le contenu peut être très graphique et direct, offrant une aventure littéraire qui n'est pas destinée aux jeunes lecteurs.

Enfin, ce livre vous invite à être non seulement un observateur, mais également un participant actif dans cette expérience littéraire. **Vous êtes encouragé à vous attarder sur les scènes érotiques présentées, à fermer les yeux et à laisser votre imagination vous emporter**.

Vous avez la liberté de prendre les descriptifs comme des suggestions, des points de départ pour vous lancer dans des extrapolations personnelles, que vous pouvez choisir de moduler de façon plus ou moins osée selon vos goûts et vos désirs.

Embarquez dans cette aventure avec un esprit ouvert et une volonté d'explorer les limites de la passion et du désir. Ce voyage est le vôtre, une toile sur laquelle peindre vos fantasmes les plus sauvages et les plus luxuriants.

Bonne lecture, et que votre voyage soit aussi excitant et enivrant que l'univers qui attend Ethan.

1 - L'ENTRETIEN

E than poussa la porte vitrée de l'agence
d'intérim "Prestige Intérim" avec
appréhension. Âgé de 23 ans, il était à la
recherche d'un emploi depuis des mois, envoyant
des CV à tout va sans jamais recevoir de réponse.

Ce matin-là, il avait rassemblé tout son courage pour
se présenter en personne dans cette agence située
dans un quartier huppé de la ville.
L'accueil était chic et moderne, avec un comptoir en
verre derrière lequel une jeune femme tapait sur son
clavier d'ordinateur.

Sur les murs, de grands panneaux mettaient en
avant les valeurs de l'agence : efficacité, discrétion,
excellence.

Ethan s'approcha timidement du comptoir, intimidé
par le lieu.

- *Bonjour, j'ai rendez-vous avec Monsieur
Durand pour un entretien*

dit-il d'une voix mal assurée.

La réceptionniste leva à peine les yeux de son écran. Elle était d'une beauté froide, ses cheveux blonds impeccablement coiffés, ses lèvres pulpeuses rehaussées d'un rouge carmin. Son tailleur cintré soulignait une silhouette très féminine.

- *Votre nom ?*

demanda-t-elle d'un ton sec.

- *Euh...Ethan Mercier*

Elle consulta son planning affiché sur un écran tactile dernier cri puis désigna les fauteuils en cuir de la salle d'attente

- *Asseyez-vous, Monsieur Durand va vous recevoir dans quelques minutes*

Ethan s'exécuta, intimidé par le lieu. Autour de

lui, quelques hommes et femmes en costume consultent leur téléphone d'un air affairé. Brouhaha de conversations, cliquetis de talons sur le parquet ciré.

Lui portait son jean usé et son t-shirt noir moulant qui mettait en valeur sa musculature. Il se sentait comme un intrus dans ce monde feutré d'apparences et d'argent.

Les minutes s'égrainèrent avec une lenteur frustrante. Relevant la tête, Ethan vit la réceptionniste murmurer à l'oreille d'un homme d'un certain âge, costume trois pièces impeccable et cheveux gominés. Elle désigna Ethan d'un mouvement du menton et l'homme se retourna pour le dévisager, haussant un sourcil circonspect.

Ethan détourna le regard, mal à l'aise. Enfin, au bout d'un quart d'heure interminable, la réceptionniste l'appela :

- *Monsieur Mercier, veuillez me suivre, Monsieur Durand peut vous recevoir maintenant*

Ethan se leva prestement et la suivit le long d'un couloir moquetté aux néons tamisés. Le claquement de ses talons aiguilles rythmait leur progression. Ils s'arrêtèrent devant un box vitré où l'attendait le directeur de l'agence. Celui-ci était au téléphone mais lui fit signe d'entrer et de s'asseoir face au large bureau design.

Jean-Pierre Durand dégageait une assurance tranquille. Son costume sur mesure ne laissait aucun doute sur sa réussite et son statut social. De taille moyenne mais athlétique, il avait un visage anguleux au regard perçant derrière de fines lunettes à monture dorée. Ses cheveux poivre et sel étaient impeccablement coiffés.

Il fit un signe de tête à Ethan pour lui signifier qu'il terminait sa conversation téléphonique.

- *...Oui, bien sûr, je vous enverrai mon meilleur profil, Monsieur Lefèvre. A bientôt*

Il raccrocha et daigna enfin accorder son attention à Ethan. Il lui tendit une main sèche et ferme que Ethan serra avec hésitation. Une poignée de main virile, pensa Ethan.

- *Monsieur Mercier, je présume ? Enchanté. Jean-Pierre Durand*

Sa voix était chaleureuse mais Ethan sentait une pointe de dédain dans son regard scrutateur.

-   *Asseyez-vous, je vous prie*

Jean-Pierre consulta le CV qu'Ethan lui avait envoyé. Son visage se fit plus sévère.

-   *Alors comme ça, pas de diplôme ? Vous avez arrêté vos études à 18 ans ?*

Ethan se tortilla sur sa chaise, mal à l'aise face au regard inquisiteur.

-   *Euh oui...J'ai eu des problèmes familiaux qui*

> *m'ont obligé à arrêter et trouver du travail*

Jean-Pierre haussa un sourcil.

- *Je vois. Et depuis, avez-vous suivi des formations ? Acquis de nouvelles compétences ?*

- *Pas vraiment...*

marmonna Ethan.

- *J'ai enchaîné les petits boulots, dans la restauration, le bâtiment...*

- Donc, rien de bien valorisable

constata Jean-Pierre.

- *Et vous venez me demander de vous trouver un emploi. Qu'est-ce qui vous fait penser que vous avez le profil que cherchent mes clients ?*

Ethan déglutit, soudain mal à l'aise sous le regard perçant de Jean-Pierre. Il se sentait mis à nu.

- *Je...Je suis motivé ! Je travaille dur quand on me donne ma chance. Je veux juste une opportunité...*

Sa voix se brisa malgré lui. Jean-Pierre l'observa un moment en silence, joignant ses mains en triangle sous son menton.

- *La motivation est louable, mais insuffisante. Mes clients recherchent des profils qualifiés. Or vous n'avez ni diplôme ni expérience valorisable.*

Il fit une pause, jaugeant Ethan du regard.

- *Ceci dit, certains de mes clients ont parfois des requêtes particulières. Des profils atypiques, pour des postes plus...confidentiels.*

Ethan releva la tête, soudain attentif. Jean-Pierre eut un sourire énigmatique et se leva pour baisser les stores, plongeant le box dans une semi-obscurité propice à la confidence.

De retour à son fauteuil, il croisa les mains sur son bureau et fixa Ethan droit dans les yeux.

"Dites-moi, Ethan, êtes-vous prêt à tout pour trouver du travail ? Je veux dire, vraiment tout ?"

Ethan déglutit, la gorge sèche. Qu'insinuait-il exactement ? Il avait l'impression d'être mis à nu par ce regard perçant.

- *Euh oui, je crois...*
-

Jean-Pierre eut un petit rire.

- *Ne vous engagez pas à la légère. Certains de mes clients ont des exigences qui dépassent le cadre professionnel habituel.*

Il fit une pause, laissant le suspense planer. Ethan était suspendu à ses lèvres, intrigué.

- *Voyez-vous, mes clients ne sont pas comme les autres. Ce sont des hommes puissants, riches, qui ont un certain goût pour...la chair fraîche, dirons-nous.*

Il marqua une pause.

- *Et ils sont prêts à payer cher pour assouvir leurs fantasmes. Très cher.*

Ethan commençait à comprendre les sous-entendus. Une proposition indécente se cachait derrière ces paroles prudentes.

Pourtant, l'idée ne le rebutait pas tant que ça. Au fond, n'avait-il pas toujours eu un penchant pour la soumission ? N'était-ce pas ce qu'il recherchait à travers la musculation, le goût de l'effort, la quête de dépassement de soi ?

Il releva les yeux vers Jean-Pierre, l'incitant à continuer d'un hochement de tête.

- Je savais que vous comprendriez vite

sourit Jean-Pierre.

- *J'ai un flair pour repérer les profils...compatibles.*

Il fit glisser une photo sur le bureau.

- *Tenez, voici Monsieur Lefèvre, mon client au téléphone tout à l'heure. Riche héritier, collectionneur d'art et amateur de jeunes hommes musclés.*

Ethan contempla la photo d'un homme d'une soixantaine d'années au regard vicieux derrière de fines lunettes. Une compréhension mutuelle passa entre lui et Jean-Pierre.

- *Alors, Ethan, êtes-vous partant ? Je peux vous trouver ce genre de...missions. Temporaires, bien rémunérées, et totalement confidentielles.*

La voix de Jean-Pierre était suave, presque hypnotique. Ethan pesa le pour et le contre mais sa décision était déjà prise.

- *J'accepte*

dit-il fermement.

- *J'ai besoin d'argent et je suis prêt à rendre ces hommes...heureux.*

Jean-Pierre eut un large sourire.

- Parfait ! Je savais que vous étiez un garçon intelligent.

Il se leva et lui tendit une carte de visite au logo discret.

- *Prenez ceci. Je vous contacterai très vite pour votre première mission. En attendant, soyez patient et...gardez l'esprit ouvert*

Ethan serra la main tendue, scellant leur arrangement. Il avait conscience de franchir une limite, mais l'appât du gain était le plus fort.

De retour chez lui, il n'arrivait pas à penser à autre chose. Qu'avait-il accepté exactement ? L'idée de devenir une sorte de prostitué de luxe aurait dû le rebuter. Mais curieusement, elle éveillait aussi son excitation.

Il repensa au regard de Jean-Pierre parcourant son corps, s'attardant sur ses muscles saillants. Cet homme respecté cachait en fait un proxénète habile, rompu à l'art de la manipulation. Ethan s'était laissé séduire en quelques minutes à peine.

Quelles seraient les exigences de ces riches clients ? Ethan frissonna en imaginant les possibilités. Des images troublantes se bousculaient dans son esprit. Soudain, son téléphone vibra, le tirant de ses pensées. Un message s'afficha :

"Cher Ethan, j'ai votre première mission. Rendez-vous demain à 14h au Plaza Athénée, chamber 531. Venez apprêté et soyez ponctuel. Cordialement, JD."

Ethan relut le message, le cœur battant. Demain, il saurait dans quoi il avait mis les pieds. Cette nuit-là, il eut beaucoup de mal à trouver le sommeil, obsédé par ce rendez-vous à venir.

Le lendemain, il prit un soin particulier à choisir sa tenue. Il opta finalement pour un jean slim et une chemise cintrée bleu nuit qui faisait ressortir la couleur de ses yeux. Il se parfuma légèrement, dompta ses boucles brunes rebelles et se trouva plutôt pas mal dans la glace.

À 14h précises, il se présenta à la réception feutrée du Plaza, monument du luxe parisien. La chambre

531 était une suite somptueuse dont le prix défiait l'entendement. Un room service fin attendait sur la table basse.

La porte de la salle de bain s'ouvrit. L'homme qui en sortit était élégant, la cinquantaine bien portante avec un costume trois pièce. Il tendit une main manucurée que Ethan serra avec un mélange de circonspection et d'excitation.

-       *Ravi de faire votre connaissance, jeune homme. Appelez-moi Louis.*

Sa voix était chaleureuse mais Ethan sentait le regard de prédateur qu'il posait sur lui.
-     Ethan, enchanté
répondit-il en prenant soin de montrer ses muscles saillants lorsqu'il enleva sa veste.

Le dénommé Louis lui proposa une coupe de champagne et trinqua à leur rencontre, avant de s'installer dans un fauteuil et de croiser les jambes avec aisance.

-     *Alors dites-moi, Ethan, Jean-Pierre m'a dit que vous étiez ouvert d'esprit ?*

Ethan sirota le champagne frais et pétillant.

-       *Tout à fait. Disons que j'aime repousser mes limites.*

Louis eut un petit rire.

-       *J'en suis ravi. Vous savez, à mon âge,*

> *on a parfois besoin de sang neuf pour pimenter l'existence.*

Son regard détailla Ethan sans retenue, s'attardant sur son entrejambe et ses fesses saillantes.

- *Oui, vous êtes un très bel homme. Très viril. Je sens que nous allons passer un moment intéressant*

Il se leva et invita Ethan à le suivre dans la suite parentale aux teintes pourpres. Au centre trônait un lit king size aux draps de soie.
Louis se tourna vers Ethan avec un sourire engageant.

- *Alors, si nous commencions votre formation ? Déshabillez-vous, je vous prie. J'ai hâte de voir ce que vous cachez sous cette chemise.*

Ethan frissonna d'anticipation. L'heure de vérité était venue. Lentement, il commença à déboutonner sa chemise, dévoilant ses pectoraux saillants et ses abdominaux dessinés.

Le regard appréciateur de Louis le mit en confiance. Il laissa tomber sa chemise au sol et ouvrit son jean pour révéler un boxer moulant noir.

- *Magnifique*

murmura Louis.

- *Venez, allongez-vous, nous y allons progressivement.*

Il tapota le lit dans une invitation sans équivoque.
Ethan s'exécuta, s'allongeant sur le dos, offrant son corps athlétique au regard concupiscent de ce quinquagénaire.

Louis retira veste et cravate avant de s'assoir au bord du lit. Du bout des doigts, il caressa les pectoraux et les abdominaux d'Ethan.

- *Quelle musculature développée pour votre âge. Vous faites beaucoup de sport ?*

Ethan retint un gémissement au contact des doigts de Louis qui titillaient désormais ses tétons.

- *Oui, je m'entraîne dur, la musculation est ma passion.*

- *Je vois ça*

sourit Louis.

- *Votre corps est votre outil de travail, en quelque sorte.*

Sa main descendit jusqu'à l'entrejambe d'Ethan, caressant son membre à travers le tissu.

- *Et quel outil impressionnant. Déjà prêt pour l'action, on dirait.*

De fait, le sexe d'Ethan commençait à durcir sous la stimulation. Le souffle court, il se cambra lorsque Louis glissa une main dans son boxer pour empoigner son membre.

- Voyons voir ce que vous avez dans le ventre

susurra le quinquagénaire.

Ethan était partagé entre excitation et appréhension. Mais le désir prit le dessus. Après tout, il était payé pour ça. Et il devait admettre que les caresses de Louis étaient loin d'être désagréables. Il se laissa aller, fermant les yeux tandis que Louis le branlait de plus en plus vite, ses doigts experts sachant exactement comment le stimuler. Bientôt, le sexe d'Ethan était turgescent, largement sorti de son boxer.

Louis fit une pause, léchant sa main avant de reprendre ses caresses. Puis il se pencha pour prendre le gland suintant d'Ethan dans sa bouche. Sa langue tournoyait avec habileté tandis qu'il engloutissait profondément le membre.

Ethan ne put retenir un long gémissement. Jamais il n'avait reçu une fellation aussi experte. L'excitation montait en lui par vagues successives alors que Louis accélérait la cadence, sa tête allant et venant de plus en plus vite.

Soudain, Louis s'interrompit alors qu'Ethan était sur le point d'atteindre l'orgasme. Frustré, Ethan geignit et se cambra pour retrouver la chaleur humide de cette bouche talentueuse.

Mais Louis le repoussa fermement sur le lit.

- *Doucement, jeune homme. Pas si vite*

Ethan haletait, son sexe luisant de salive pulsant au rythme des battements de son cœur. Louis se leva et se dirigea vers le minibar, servant deux verres de cognac.

- *Buvez. Nous avons tout notre temps.*

Il tendit un verre à Ethan qui le vida d'un trait, espérant que l'alcool atténuerait sa frustration.

Louis sourit.

- *Bien. À présent, un peu de théorie.*

Il ouvrit le tiroir de la table de nuit et en sortit une paire de menottes en cuir clouté. Le cœur d'Ethan s'emballa à cette vue.

- *Connaissez-vous le bondage, Ethan ? Non ? Laissez-moi vous éduquer...*

Il fit signe à Ethan de s'allonger sur le ventre et menotta ses poignets aux barreaux du lit. Puis il attacha également ses chevilles aux coins inférieurs du cadre.

Ainsi entravé, Ethan ne pouvait plus bouger, offert au bon vouloir de Louis. Ce dernier semblait savourer son pouvoir.

- *Maintenant, passons à la pratique*

susurra-t-il.

Ethan sursauta en sentant une piqûre cuisante sur ses fesses. Louis venait de le frapper avec une petite cravache en cuir souple. Pas assez fort pour vraiment faire mal, juste pour surprendre et intimider.

Une deuxième frappe claqua, suivie d'une autre, chauffant la peau d'Ethan.

Ce dernier serrait les dents, partagé entre l'angoisse et le plaisir honteux d'être dominé ainsi.

Louis alternait les coups, passant de la cravache à de petites claques administrées de sa main large. Parfois il caressait lascivement les fesses empourprées d'Ethan avant de les cingler à nouveau.

Bientôt, le postérieur d'Ethan était en feu, marqué de traces rouges.

Mais paradoxalement, son sexe était plus dur que jamais, frotant contre le drap à chaque coup.

Satisfait, Louis cessa la punition. Il fit signe à Ethan de ne pas bouger et quitta un instant la chambre. Lorsqu'il revint, ce fut pour badigeonner les fesses meurtries d'une lotion apaisante. Ses mains massaient doucement la peau sensible, à la frontière entre douleur et plaisir.

- *C'est très bien, Ethan, vous encaissez parfaitement. Voyons si vous supportez la suite*

Sur ce, il abaissa le slip d'Ethan jusqu'à mi-cuisses, exposant son intimité. Le cœur du jeune homme s'emballa quand il sentit un doigt enduit de gel pénétrer entre ses fesses. Louis prenait tout son temps pour le préparer.

- *Détendez-vous, bientôt vous connaitrez des plaisir encore plus intenses*

Lorsqu'il le sentit prêt, Louis libéra son propre sexe tendu de son pantalon et le positionna à l'entrée de l'intimité d'Ethan. D'une poussée lente mais ferme, il le pénétra en grognant de contentement.
Totalement soumis, Ethan ne put retenir un gémissement de femelle. La sensation d'être pris ainsi, enchaîné, le remplissait d'excitation..

Bientôt, il bougeait les hanches en rythme, accompagnant les coups de sexe de plus en plus secs de Louis. Ses gémissements emplissaient la suite luxueuse.

- *Quelle petite salope vous faites, Jean-Pierre ne m'avait pas menti...*

Il donna une claque sur les fesses d'Ethan, le faisant se contracter délicieusement autour de lui.

Le souffle court, il accéléra encore, sentant l'orgasme imminent.

Quelques coups de rein plus tard, il jouissait en jets abondants au plus profond d'Ethan. Ce dernier poussa un long gémissement, au bord de la délivrance. Ses poignets lui faisaient mal à force de tirer sur ses liens, en vain.

Enfin repu, Louis se retira et libéra Ethan de ses entraves. Ce dernier se massait les poignets endoloris, encore tremblant de frustration.
Louis lui tapota la joue avec amusement.

-       *Ne vous inquiétez pas, ce n'est que partie remise. Mais avant, passez à la salle de bain, je vous prie.*

Ethan s'exécuta tant bien que mal, ses jambes flageolantes. Dans la luxueuse salle d'eau au marbre orné, il trouva un set de toilette neuf et des vêtements à sa taille.

Lorsqu'il émergea, propre et apprêté, Louis l'attendait avec deux verres de Rhum.

-        *Félicitations pour cette première leçon, Ethan. Je ne doute pas que ce soit le début d'un partenariat très fructueux. À notre collaboration !*

Ils trinquèrent et Louis lui remit une enveloppe discrète contenant plusieurs liasses de billets. Ethan la glissa dans sa poche avec un hochement de tête reconnaissant.

Une chose était sûre, sa vie venait de prendre un tournant radical. Mais cela valait peut-être le coup, au final.

2 -
L'ENTRAÎNEMENT

Ethan se présenta à l'heure dite à l'hôtel Plaza Athénée. Trois jours s'étaient écoulés depuis sa première rencontre torride avec Louis, mais il n'avait pensé qu'à ça. L'enveloppe discrète contenant ses premiers émoluments reposait sur sa table de chevet, vestige concret de cette expérience interdite.

Son corps gardait la mémoire de la possession virile de Louis et de la découverte de nouveaux plaisirs. Mais la frustration dominait, celle de n'avoir pas pu assouvir son propre désir sous la coupe experte de son mentor.

Car il le pressentait maintenant : Louis était bien plus qu'un client. C'était un guide, là pour révéler sa vraie nature et libérer les fantasmes enfouis au fond de lui.

Le cœur battant, il se présenta à la réception et on le fit monter aussitôt à la suite 531.

Louis l'accueillit avec une poignée de main chaleureuse. Vêtu d'un peignoir en soie pourpre, il était d'humeur joviale.

- *Ethan, ravi de vous revoir. J'espère que vous n'avez pas trop attendu depuis notre dernière séance ?*

Gêné, Ethan admit que non, ces trois jours lui avaient paru une éternité.

Louis eut un petit rire entendu.

- *Je vois que vous êtes impatient de poursuivre votre éducation. Soit, nous allons commencer tout de suite.*

Il fit signe à Ethan de le suivre dans la chambre. La vue du grand lit baldaquin rappela aussitôt des images troublantes à ce dernier.

- *Bien, déshabillez-vous et allongez-vous, nous allons procéder par étapes.*

Docile, Ethan se dévêtit sous le regard attentif de Louis qui ne perdait pas une miette du spectacle.

- *Excellent. Vous avez un corps de rêve bien musclé et docile, maintenant détendez-vous et laissez-moi faire.*

Ethan frémit quand Louis attacha de nouveau ses poignets aux montants du lit à l'aide de menottes. Puis il écarta ses jambes et les entrava également. Ainsi offert, Ethan se sentait vulnérable.

Louis prit place au bord du lit et laissa une main experte courir sur le torse lisse et musclé du jeune homme. Ses doigts s'attardèrent sur les tétons durcis, les caressant jusqu'à ce que Ethan laisse échapper un gémissement.

- *Sensible, à ce que je vois...Intéressant.*

La main descendit le long des abdominaux saillants jusqu'à frôler du bout des doigts le sexe déjà gonflé.

- *On bande dur à ce que je vois. Vous êtes vraiment un petit obsédé.*

Ethan haleta quand la main se referma sur son membre vibrant et entama un lent va-et-vient. Louis savait exactement à quel rythme le masturber pour le maintenir au bord de la jouissance sans le laisser venir.

- *Nous allons travailler votre self-control, jeune homme. L'orgasme est un privilège qui se mérite.*

Sur ce, il lâcha la verge luisante de liquide séminal et se leva pour ouvrir une mallette en cuir posée sur la table de nuit.

- *Regardons plutôt ce que nous avons là.*

Il en sortit un fin vibromasseur recouvert de silicone. Allumé, il émettait un ronronnement sourd.

Louis fit courir l'objet sur le torse et le ventre d'Ethan qui se cabrait malgré ses entraves. Quand le vibromasseur atteignit son sexe, il ne put retenir un gémissement féminin. La sensation était délicieuse, mais chaque approche de son gland hypersensible le laissait pantelant et frustré.

Amusé, Louis alternait les coups, titillant ses tétons durcis ou effleurant ses testicules contractées avant de revenir taquiner son sexe dégoulinant.

- *Suppliez-moi si vous voulez que j'aille plus loin*

dit Louis d'une voix suave.

- *Oh oui…Je vous en prie*

gémit Ethan.

- *Je vous en prie qui ?*
- *Maître, je vous en supplie !*

- *Bien. Mais ce n'est pas encore mérité.*

Sur ce, Louis cessa la douce torture. Ethan tremblait de frustration, son sexe douloureux vibrant au moindre frôlement.

- *Passons à la suite de votre entraînement*

déclara Louis en saisissant un fin plug anal.

Ethan tressaillit quand le jouet bien lubrifié

pénétra son intimité, mais la sensation n'était pas désagréable. Une fois en place, le plug décuplait les frémissements qui parcouraient son corps stimulé.

-    *Parfait. Maintenant, petit défi : je vais vous laisser ainsi pendant que je prends une douche. Vous allez rester sage sans jouir.*

Ethan déglutit mais hocha la tête. Le plaisir interdit qu'il tirait de cette domination le troublait.
Louis sourit et se dirigea vers la salle de bain, laissant Ethan haletant et tremblant sur le lit. Au moindre mouvement, le plug caressait sa prostate, l'amenant au bord de l'orgasme.

Il serra les dents et se concentra pour se contrôler. Mais quand Louis émergea de la douche, ce fut plus dur encore...

-    *Alors, on tient le coup ?*

demanda-t-il en voyant le sexe dégoulinant d'Ethan.

-    *Oui Maître*

souffla ce dernier dans un suprême effort de volonté. Louis sourit.

-    *Bien. Vous méritez une récompense.*

Il saisit le sexe tendu et se mit à le masturber avec vigueur tout en actionnant le plug. Ethan cria de plaisir, submergé par ces assauts combinés.
Quelques va-et-vient suffirent à le faire jouir avec force. Son sperme jaillit en longs jets sur son ventre

et sa poitrine.

- *Excellent, vous avez suivi mes consignes à la perfection*

déclara Louis.

- *Vos talents de soumis progressent vite...*

Ethan reprenait son souffle, flottant dans un océan d'endorphines post-orgasmiques.

- *Merci Maître*

murmura-t-il.

Louis caressa sa joue avec une tendresse teintée de condescendance.

- *Plutôt me remercier à genoux garçon. L'entraînement ne fait que commencer.*

Ethan frissonna en imaginant la suite. Il pressentait que ce n'était là qu'un avant-goût des délices et tourments qu'il allait connaître sous la férule de son mentor.

Une fois détaché, Ethan glissa du lit et s'agenouilla docilement aux pieds de Louis, nu et encore frissonnant de son orgasme.

- *Bien. À présent, mettez cette belle bouche au service de votre Maître.*

Louis saisit son menton d'une main ferme et approcha son sexe face au visage d'Ethan. Comprenant ce qui était attendu de lui, Ethan entrouvrit les lèvres et accueillit la verge tendue dans sa bouche.

Il commença à sucer maladroitement, s'étouffant parfois dans sa hâte d'aller au fond. Louis caressa ses cheveux dans un geste affectueux mais dominateur.

- *Du calme. Allez-y progressivement.*

Encouragé, Ethan trouva un rythme plus lent, faisant courir sa langue sur toute la longueur avant de prendre le gland luisant au fond de sa gorge. Ses mains agrippaient les cuisses de Louis pendant qu'il le suçait avec dévotion, cherchant à lui donner le maximum de plaisir.

- *C'est très bien*

gémit Louis, le visage crispé par le ravissement d'être ainsi servi.

- *Maintenant, regardez-moi dans les yeux.*

Ethan leva son regard azur vers celui, impérieux, de son mentor. Le fait d'être ainsi dominé et dirigé dans l'acte le plus intime amplifiait son excitation. Son propre sexe durcissait à nouveau, preuve indéniable qu'il était fait pour ce rôle de soumis.

Les vas-et-viens accélérèrent, au bord de la brutalité. La verge de Louis palpitait entre les lèvres étirées d'Ethan. Le jeune homme s'efforçait de ne pas détourner le regard, tel un marin fixant l'horizon par gros temps.

Enfin Louis agrippa ses cheveux et jouit avec un râle

rauque, inondant la bouche offerte de jets âcres et épais. Ethan avala tout en frissonnant d'excitation soumise. Son propre sexe était douloureusement tendu mais il n'osait y toucher sans permission.

Louis se retira lentement, permettant à Ethan de lécher consciencieusement jusqu'à la dernière goutte de sperme.

- Parfait. Vous êtes décidément un excellent élève.

Il caressa la joue d'Ethan avec une sorte de fierté possessive. Puis son regard se fit plus sévère.

- Maintenant, débarrassez-moi ça.

Il désigna le sexe turgescent du jeune homme. Comprenant l'ordre implicite, Ethan commença à se caresser devant lui.

- *Plus vite*

intima Louis.

- *Je veux vous voir jouir comme la salope que vous êtes, sans retenue.*

Excité par la crudité des propos, Ethan accéléra, le souffle court. Quelques va-et-vient suffirent à le faire déferler avec un râle rauque. Son sperme gicla sur le tapis luxueux.

- *Bien. À genoux et nettoyez.*

Rougissant mais docile, Ethan se pencha pour

lécher son propre sperme sur le sol sous le regard goguenard de Louis.

-    *Excellent. Je crois que cela suffira pour aujourd'hui. Mais soyez prêt à approfondir votre éducation lors de notre prochaine séance.*

Ethan frissonna à cette perspective. En quelques heures à peine, Louis avait fait naître chez lui des désirs insoupçonnés. Il n'était plus le même, et leur jeu ne faisait que commencer.

3 - L'EXAMEN

T rois jours s'écoulèrent avant le prochain rendez-vous donné par Louis à Ethan. Trois jours pendant lesquels le jeune homme ne pensa qu'à leur dernière séance torride et à ce que lui réservait la suite.

Cette attente, imposée par Louis, renforçait sa domination. Ethan se languissait littéralement de leur prochaine rencontre, tel un fidèle attendant le retour de son gourou.

Enfin, l'heure tant attendue arriva. Ethan se présenta à la suite de l'hôtel, le cœur battant. Quelle leçon allait lui enseigner aujourd'hui son mentor ?

Louis l'accueillit avec un sourire engageant.

- *Bonjour Ethan. J'espère que vous n'avez pas trop langui ?*

Confus, Ethan admit que si, ces trois jours d'attente avaient été un supplice délicieux.

- *Bien. L'attente et la frustration font partie intégrante de votre condition de soumis. Suivez-moi.*

Il conduit Ethan dans une petite pièce attenante à la chambre. Elle ne contenait qu'une chaise munie de sangles en cuir et une table recouverte d'instruments dont Ethan ne comprenait pas l'usage.

- *Asseyez-vous*

ordonna Louis.

Quand Ethan fut ligoté solidement sur la chaise, bras et jambes écartés, Louis verrouilla la porte.

- *Nous allons procéder à un petit examen pour évaluer vos progrès et vos limites.*

Ethan déglutit mais l'idée de se plier aux volontés de Louis, aussi inconnues soient-elles, provoquait une humide excitation.

Louis disposa les instruments sur une petite table roulante à portée de main : plugs de tailles diverses, pinces, anneaux péniens, cravache...

Puis il sortit un bandeau de tissu noir et banda les yeux d'Ethan, accentuant son sentiment de vulnérabilité.

Privé de la vue, Ethan perçut le froissement d'une blouse amidonnée. Louis enfilait une tenue d'examinateur.

- *Nous allons voir si vous supportez la*

*stimulation maximale sans jouir. Le but est de
résister le plus longtemps possible. Compris ?*

- *Oui Maître*

souffla Ethan.

Aussitôt, des mains expertes se mirent à parcourir
son corps, pinçant un téton, effleurant son sexe qui
se durcissait malgré lui. Quand un doigt enduit de
gel pénétra son intimité, Ethan se mordit les lèvres
pour retenir un gémissement.
Le doigt fut remplacé par un plug qui, d'un coup,
dilata son anus. La légère douleur se mua en plaisir
coupable.

Soudain, la pointe d'une cravache claqua sur
son ventre, le faisant sursauter. Mais déjà les
mains reprenaient leur exploration clinique de son
entrejambe, le caressant jusqu'à ce qu'il bande au
maximum.

- Bien, voyons combien de temps vous
pouvez tenir comme ça

Ethan serra les dents. La chaise l'empêchait
de bouger pour échapper aux stimuli, il devait
seulement subir.
Louis alternait habilement les caresses et les petites
claques, lisant les réactions dans les traits crispés
du jeune homme. Parfois il retardait même sa
respiration pour lui faire croire que c'était fini, avant
de relancer de plus belle.
Au bord de la délivrance, Ethan tremblait et

suppliait.

- *S'il vous plaît Maître, je n'en peux plus*

- *Silence. Vous prendrez ce que je vous donne*

Luttant de toutes ses forces, Ethan finit par jouir sèchement, le corps secoué de spasmes. Aussitôt Louis retira le bandeau, l'air sévère.

- *Décevant, vous avez tenu moins de vingt minutes.*

Puis son visage s'adoucit.

- *Mais c'était votre première fois, vous vous améliorerez. Grâce à moi.*

Ethan baissa les yeux, aussi frustré que reconnaissant envers celui qui le poussait ainsi à se dépasser. Cet examen impitoyable n'était qu'une première étape dans son long apprentissage...

Une fois détaché, Ethan resta assis, la tête basse, encore tremblant des effets de sa frustration forcée. Louis rasa les dernières larmes au coin de ses yeux d'un geste presque tendre.

- *Allons, ne soyez pas si affecté. C'était pour votre bien.*

Puis son visage prit un air plus ferme.

- *Maintenant, pour votre éducation, il est temps d'aborder la question de la punition*

Ethan frissonna. Jusqu'ici, les leçons de Louis, pour rigoureuses qu'elles soient, visaient son plaisir autant que sa soumission. La notion de punition ajoutait une nuance plus sombre, teintée de crainte.

- *Levez-vous*

Louis désigna le grand lit aux draps de soie.

- *Allongez-vous sur le ventre*

Le cœur battant, Ethan s'exécuta. Aussitôt, ses poignets et chevilles furent entravés aux montants par des menottes.

Ainsi offert, il ne pouvait que frissonner dans l'attente de ce qui allait suivre.

Le fouet claqua sans crier gare, cinglant ses fesses nues. Ethan retint un cri, surpris par la douleur vive. Une marque rouge striait à présent sa peau.

- *Ceci n'est qu'un avant-goût de ce qui vous attend au moindre écart de conduite*

déclara Louis d'une voix sévère.

- *Montrez-moi que vous savez recevoir votre punition avec gratitude*

Le deuxième coup fut encore plus cuisant, arrachant un geignement au jeune homme. Mais par fierté, Ethan serra les dents et s'empêcha de supplier pour que cela cesse.

Car au fond de lui, une part obscure était excitée

par cette démonstration de puissance. Sa virilité le trahissait, comprimée contre le drap.

Louis alterna habilement les coups, rosissant les fesses sans véritablement blesser.

Entre chaque frappe, il caressait la peau flageller du batard, y traçant des cercles apaisants. La douleur et le réconfort se mêlaient en un cocktail enivrant pour Ethan.

- Bien, je pense que la leçon est retenue

déclara finalement Louis. D'un geste presque clinique, il appliqua une pommade réparatrice sur les chairs malmenées. Ethan ne put retenir un soupir de soulagement.

- *Remerciez-moi maintenant*

- *Merci Maître*

dit Ethan d'une voix timide.

Louis hocha la tête, satisfait, avant de le libérer. Malgré la douleur rémanente, Ethan se sentait empli d'une étrange sérénité.

La punition, aussi humiliante soit-elle, l'avait rapproché de sa nature profonde de soumis. Et il pressentait que Louis était loin d'avoir épuisé tout son art de le façonner selon ses fantasmes…

4 - LE CONTRAT

Trois semaines s'étaient écoulées depuis la première rencontre entre Ethan et Louis. Trois semaines intenses faites de leçons rigoureuses et de découvertes troublantes sur sa vraie nature.

Ce matin-là, Ethan poussa à nouveau la porte de l'agence Prestige Intérim, le cœur battant. Il avait reçu un message sibyllin de Jean-Pierre Durand lui donnant rendez-vous de toute urgence.

L'accueil feutré n'avait pas changé, avec sa moquette épaisse et ses fauteuils en cuir. La sulfureuse réceptionniste l'invita à patienter, non sans lui avoir jeté un regard appréciateur.

Enfin, Jean-Pierre sortit de son bureau et lui fit signe d'entrer. Son sourire engageant n'augurait rien de bon.

- *Ethan, asseyez-vous je vous prie*

Il poussa vers lui une liasse de documents.

- *J'ai ici un contrat très intéressant pour vous. Suite aux... retours positifs de Louis, vous êtes désormais considéré comme l'un de nos prestataires attitrés*

Ethan parcourut le contrat, les yeux écarquillés. Les clauses étaient pour le moins inhabituelles. Il devrait se soumettre à un examen médical complet, fournir des photos intimes détaillées, et se tenir disponible 24h/24 pour toute "mission" avec rétribution à la clef.

Jean-Pierre jaugea sa réaction.

- *Des réticences? Ce serait fort dommage...*

Il fit glisser une autre photo sur le bureau, représentant Ethan agenouillé devant Louis.

- *J'ai là de quoi ruiner votre réputation. Alors, nous avons un accord ?*

La gorge sèche, Ethan hocha la tête et signa le contrat qui scellait son destin.

- *Parfait*

déclara Jean-Pierre.

- *Il ne reste plus qu'à officialiser cela*

Il verrouilla la porte et commença à se dévêtir tranquillement. Comprenant le message, Ethan se mit à genoux devant lui.

- *Montrez-moi à quel point vous avez appris à satisfaire vos supérieurs*

Le reste se passa dans une sorte de brouillard euphorique pour Ethan. À genoux sur la moquette, il pratiqua docilement une fellation sous les encouragements de Jean-Pierre, scellant leur pacte d'une façon humiliante mais terriblement excitante.

Son apprentissage avec Louis n'était rien à côté de l'engrenage dans lequel il s'enfonçait désormais, et qui allait le mener vers les tréfonds de la luxure et de la dépravation.

Une fois l'acte scellant le contrat consommé, Jean-Pierre se rhabilla avec tranquillité. Ethan resta un moment à genoux.

Jean-Pierre regagna son fauteuil derrière le large bureau design et croisa les mains, l'air satisfait.

- *Bien, à présent que les formalités sont réglées, passons en revue votre nouveau statut.*

Il tapota le contrat du bout des doigts.

- Voyons... vous devrez fournir des certificats médicaux attestant de votre bonne santé et de votre hygiène irréprochable. Pas de MST ni d'infections je vous prie, cela déplairait fort à nos clients.

Ethan hocha la tête, rougissant à l'idée de devoir se soumettre à ces examens intimes.

- *Ensuite, des photos... nous allons réaliser une séance complète pour promouvoir vos attributs. Nus intégraux de face et de dos, gros plans des parties génitales...*
-

Il marqua une pause.

- *Et nous ajouterons des clichés plus... osés, mettons-le ainsi. Pour donner un avant-goût de vos talents aux clients potentiels.*

Ethan déglutit, songeant aux poses humiliantes qui devaient être prévues. Mais il ne dit mot.

- *Ceci nous amène à vos missions*

poursuivit Jean-Pierre. Vous vous tiendrez disponible à tout moment pour satisfaire les exigences de nos prestigieux clients. La discrétion absolue est de rigueur. Les identités du client et du lieu de rendez-vous ne vous seront transmises qu'au dernier moment."
Ethan hocha la tête. Sa vie lui échappait désormais.

- *Enfin, la rétribution... vos services seront payés au tarif suivant.*

Jean-Pierre griffonna un chiffre sur un bloc-note et le tourna vers Ethan. Ses yeux s'écarquillèrent. La somme était indécente pour ce qui était exigé de lui.

- *Disons que 20% reviendront à notre agence pour frais de commission. Le reste sera vôtre. De*

> *quoi mener grand train si vous gérez bien cet argent*

Ethan avait la tête qui tournait devant le pactole qui lui tendait les bras. Au diable sa dignité, il signerait n'importe quoi pour cela !

> - *Des questions ?*

demanda Jean-Pierre.
Ethan secoua la tête. Tout était clair à présent. Il venait de vendre son corps et son âme à cette agence de luxure. Mais aurait-il pu faire un autre choix ? Sa nature profonde le destinait à cette vie de vice et de plaisirs interdits.

> - *Bien. Ceci étant réglé, je vous ajoute dès à présent à notre catalogue de prestataires.*

D'un clic, Jean-Pierre ajouta son profil sur le site de l'agence, agrémenté de photos flatteuses.

> - *Et voilà. Vous pouvez disposer, un chauffeur viendra vous chercher pour votre première séance photo demain à 9h. Soyez frais et disponible.*

Il raccompagna Ethan à la porte. Le jeune homme regagna son domicile dans un état second. La machine infernale était lancée.
Mais ce destin lui appartenait désormais, corps et âme.

De retour chez lui, Ethan s'effondra sur son lit,

l'esprit encore embrumé par les événements de la journée.

Il sortit de sa poche le contrat signé et entreprit de le lire en détail, prenant pleinement conscience de ce à quoi il venait de s'engager.

Il découvrit d'abord une clause stipulant qu'il devrait se soumettre à un check-up médical complet tous les trois mois, comprenant un dépistage exhaustif des IST et une vérification de son hygiène intime.

Le contrat spécifiait également qu'il devrait fournir la preuve de vaccinations à jour, notamment contre l'hépatite B et le papillomavirus.

Autant de précautions pour s'assurer qu'il était un instrument sain pour assouvir les pulsions de ses riches clients.

En outre, Ethan lut avec appréhension qu'il était tenu de se maintenir dans une forme physique optimale. Un programme d'entraînement intensif était préconisé, visant à développer sa musculature et spécialement ses pectoraux et abdominaux pour les offrir aux mains avides.

Le contrat annonçait également des séances photos récurrentes pour mettre en valeur sa plastique dans un book destiné aux clients de l'agence. Les poses suggérées étaient explicites, ne laissant aucun doute sur l'usage intime qui serait fait de ces images.

Plus loin figurait tout un catalogue de pratiques que Ethan s'engageait à offrir : fellations, sodomies, ligotages, et bien d'autres encore, certaines nécessitant un équipement spécialisé dont la simple évocation fit rougir le jeune homme.

En contrepartie de cette totale docilité, le contrat garantissait des revenus mirobolants qui feraient passer Ethan du jour au lendemain de petit prolétaire à escort boy nanti.

Mais le plus troublant restait à venir. Ethan lut avec effarement une clause prévoyant que l'agence pouvait louer ses services pour une période donnée, le transformant temporairement en véritable esclave sexuel à la merci de son maître.

De même, il put prendre connaissance des modalités d'une mise aux enchères qui serait organisée prochainement. Ethan serait vendu au plus offrant pour une durée d'un week-end, et devrait se soumettre sans limite à tous les caprices du vainqueur des enchères.

Enfin, la signature du contrat le liait pour une durée minimale de deux ans, seulement reconductible avec l'assentiment de la société Prestige Intérim. Ethan prenait ainsi conscience qu'il venait de signer bien plus qu'un simple contrat professionnel...

C'était l'aliénation consentie de son libre-arbitre au profit de ses nouveaux maîtres qui, moyennant rétribution, disposeraient désormais de lui comme bon leur semble.

Cette lecture acheva de convaincre Ethan qu'il venait de franchir une limite dont il ne pourrait plus faire marche arrière. Dès le lendemain commencerait sa nouvelle vie, faite de soumission et d'asservissement pour gagner sa vie.

Bien qu'effrayé par l'ampleur de ce qui l'attendait, Ethan sentait monter en lui une excitation coupable à l'idée d'être ainsi dominé et modelé au gré des fantasmes de clients richissimes. Au fond de lui, il savait que ce dévergondage répondait à ses pulsions les plus refoulées.

Il était désormais la chose de ces hommes, un pantin de chair dont ils useraient sans limite. Et cette perspective, loin de le rebuter, éveillait ses instincts les plus ténébreux.

La nuit portant conseil, Ethan finit par sombrer dans un sommeil agité, peuplé de rêves peuplés de silhouettes anonymes venues assouvir leurs plaisirs sur son corps offert…

5 - LES ENCHÈRES

L e lendemain, à 9h précises, la limousine aux vitres teintées envoyée par Prestige Intérim se présenta devant chez Ethan. Le jeune homme monta à l'arrière.

Le chauffeur le conduisit sans un mot jusque dans les beaux quartiers, où la voiture s'engouffra dans un parking souterrain avant de stopper devant un ascenseur privatif.

- *Dixième étage*

se contenta de dire le chauffeur. Son ton n'admettait pas de réplique.

Ethan prit l'ascenseur qui déboucha directement sur un appartement luxueux où l'attendait Jean-Pierre Durand, flanqué de son assistante blonde toujours tirée à quatre épingles.

- *Ethan, bienvenue. Nous sommes ici dans notre studio photo privé. Suivez Manon, elle va vous préparer*

-

L'assistante adressa un sourire engageant à Ethan et l'entraîna vers la loge. Là, elle entreprit de le styler et le maquiller avec minutie, insistant sur ses yeux azur et sa musculature saillante.

Venait ensuite le choix du sous-vêtement : string en cuir ou boxer moulant ? Sur décision de Manon, ce fut le string qui fut retenu pour sa connotation plus sulfureuse.

Enfin prêt, Ethan fut conduit sur le plateau par Jean-Pierre.
Des projecteurs puissants braqués sur un lit en velours rouge donnaient un aperçu du type de photos prévu.

- *Commençons par quelques clichés de face et de dos pour moi.*

Jean-Pierre désigna le mur tapissé de noir qui ferait office de fond.
Intimidé mais résigné, Ethan posa de son mieux, contractant ses muscles sous les directives du photographe.

- *Parfait, vous êtes très photogénique. À présent, allongez-vous sur le lit, nous allons faire monter la température.*

Le cœur battant, Ethan s'exécuta. Au fil des flashs, les postures qu'on lui fit adopter devinrent outrageusement suggestives, ne laissant aucune place à l'imagination. Il dut mordiller son doigt, faire glisser très lentement son string sur ses fesses fermes, ou encore écarter langoureusement les cuisses pour offrir son intimité à l'objectif concupiscent.

À la fin de la séance, Ethan était plein d'excitation contenue. Pourtant ce n'était là qu'un échauffement aux humiliations qu'on exigerait bientôt de lui…

- *Parfait, ce sera un catalogue très vendeur*

s'enthousiasma Jean-Pierre.

- *Vous avez assuré comme un professionnel.*

De retour chez lui, Ethan repensa à cette matinée irréelle. En l'espace de quelques heures à peine, il était devenu viande à fantasmes, exposant son corps comme un vulgaire morceau de choix. La honte qu'il aurait dû ressentir était absente, remplacée par une troublante expectation.

Le soir venu, il contacta Louis qui lui demanda de venir le voir, pour lui faire part de ce nouveau tournant.

- *Entrez, cher Ethan. Un verre ? Vous m'avez l'air bien songeur.*

Prenant place dans un fauteuil face à son mentor, Ethan lui relata les derniers événements. Louis écouta avec intérêt, l'observant par-dessus son verre de cognac.

- *Je vois... Vous avez donc signé ce contrat liant corps et âme. Dites-moi, quelles sont vos impressions ?*

Ethan rougit.

- *C'est troublant. J'ai l'impression de m'être vendu. Mais d'un autre côté... l'idée m'excite aussi.*

Louis eut un sourire entendu.

- *Ne soyez pas gêné. Assumer ses désirs est le premier pas. Ce contrat matérialise seulement ce que vous recherchiez au fond de vous. La totale soumission, le plaisir d'être un objet au service des fantasmes d'autrui.*

Il marqua une pause pour laisser son disciple méditer ces paroles.

- *Dorénavant, votre corps ne vous appartient plus. Il est la propriété lucrative de l'agence qui l'exploitera à sa guise. Vous devez vous en réjouir.*

Ethan hocha la tête, conscient que Louis voyait clair en lui.

- *Vous avez raison. Je ne dois pas avoir honte de ce que je suis vraiment.*

Satisfait, Louis l'attira à lui dans une étreinte paternelle teintée de domination.

- *Bien. Dans ce cas, finissons votre éducation ce soir. Demain, vous serez tout à vos nouveaux maîtres. Profitez de votre dernière nuit de liberté...*

Le reste se perdit dans un tourbillon de volupté et de dépravation, Louis usant une dernière fois du corps d'Ethan pour assouvir ses pulsions refoulées. Au petit matin, ce dernier avait atteint un nouveau stade de perfectionnement dans l'art de la soumission.

Dès le lendemain commença une nouvelle vie, rythmée par les séances photos toujours plus osées et les missions pour lesquelles on le louait à prix d'or.

Chaque jour amenait son lot d'humiliations consenties et d'assouvissement des fantasmes de ces hommes riches, pervers et influents qui voyaient en lui un défouloir vivant à leurs pulsions refoulées.

Que ce soit ligoté dans la posture du corps à corps, comme mannequin pour peinture corporelle vivante, ou encore servant de pouf et de cendrier humain lors de parties fines sadomasochistes, Ethan satisfaisait les demandes les plus extrêmes avec une docilité empreinte de jouissance masochiste.

Certains clients exigeaient une personne soumis et pleurnichard, implorant des fessées toujours plus rudes, quand d'autres voulaient au contraire un esclave farouche devant être dompté par la force avant de se soumettre.

Ethan excellait dans tous ces rôles, s'adaptant avec un naturel confondant à ces simulations.

Son corps devint vite le support de tous les fantasmes, son existence entière tournée vers un seul but : satisfaire les pulsions de la décadence. Les souillures subies étaient lavées à grands frais, et son enveloppe de chair restait fraîche et ferme pour de nouvelles turpitudes.

Quand approcha la date de la grande vente aux enchères organisée par Prestige Intérim, Ethan atteignait l'apogée de sa disponibilité servile. Son corps et son esprit étaient prêts pour le riche amateur qui l'achèterait une nuit durant.

L'événement eut lieu un samedi soir dans un manoir isolé. Une trentaine d'hommes riches et influents, tous clients de l'agence, étaient réunis pour l'occasion. L'excitation et la lubricité suintaient par tous les pores de cette assemblée.

Menotté sur une estrade, vêtu d'un simple slip en cuir, Ethan fut présenté comme le clou de la vente. Des murmures appréciateurs parcoururent l'assistance à la vue de ce corps parfait qu'ils s'apprêtaient à s'arracher.

Puis l'enchère commença. Les sommes s'envolèrent vertigineusement, chacun surenchérissant pour remporter le trophée. Ethan fut finalement adjugé pour une fortune à un oligarque russe aux yeux de prédateur.

Tandis qu'on le menait vers sa suite nuptiale, Ethan frissonnait d'appréhension. Les récits sur les orgies mettant en scène ce genre de nantis défrayaient la chronique. Mais il était prêt à tout pour satisfaire les envies de son nouveau maître, aussi sulfureuses soient-elles...

Sa nuit de débauche éprouva ses limites physiques et morales. Au petit matin, son corps portait les marques évidentes de la dépravation et des coups de fouets qui avait eu cours.

Mais personne ne se souciait de son confort. À peine quelques heures de repos lui furent-elles accordées avant la prochaine séance photo ou le prochain rendez-vous monnayé. Sa valeur marchande exigeait qu'il reste un instrument de plaisir intarissable.

Ainsi s'écoulèrent les premiers mois de son contrat, dans la luxure et perversion qui aurait brisé des esprits moins déterminés. Mais Ethan y trouvait une forme d'accomplissement. Il était devenu l'esclave rêvé de ces esthètes du vice, et cela le comblait au plus profond de son être.

Sa dépendance à ce mode de vie extrême s'affirmait chaque jour davantage. Bientôt, Ethan n'existerait plus qu'à travers le regard concupiscent de ses maîtres...

6 - EXHIBITION

Le matin se levait doucement sur la suite luxueuse où Ethan avait passé la nuit à assouvir les fantasmes d'un riche amateur anonyme. Encore nu sous les draps de soie froissés, il émergeait peu à peu d'un sommeil sans rêves, l'esprit embrumé par les excès de la veille.

Son corps gardait les traces de sa totale exploitation : cuisses poissées de sperme séché, fesses portant l'empreinte de mains avides, bleus sur les poignets attestant de liens serrés... Autant de souillures superficielles vite effacées par une toilette sommaire. L'essentiel était préservé : cette enveloppe de chair ferme et lisse, inépuisable réceptacle de plaisirs coupables.

On frappa discrètement à la porte communiquant avec la suite voisine. C'était l'employé de l'agence Prestige Intérim, venu récupérer Ethan avant de le confier au prochain client.

- *Debout. La voiture arrive dans 20 minutes*

Puis, avisant les draps maculés et le corps meurtri :

- *Prenez une douche rapide. Et pas de traces visibles, vous êtes réservé ce matin pour une séance photo.*

Ethan ne broncha pas. Cet homme en costume sombre était un rouage de plus dans le système qui l'exploitait sans relâche, mais pour lequel il éprouvait une forme de reconnaissance. S'il n'était qu'un pantin, c'était grâce à cette organisation que ses talents de soumis s'épanouissaient pleinement.

Une fois douché et passé entre les mains d'une esthéticienne pour camoufler les dernières ecchymoses sur son corps musclé et résistant.

Ethan fut conduit au studio de l'agence pour une séance photo destinée à rafraîchir son book. Il était devenu l'un des modèles vedettes dont la plastique s'étalait régulièrement dans les catalogues pour stimuler les pulsions des clients fortunés.

Il se plia de bonne grâce aux poses lascives imaginées par le photographe, arborant string en cuir, collier de chien et autres accessoires animalisant le réduisant à l'état de bête de plaisir. L'objectif capturait avec précision chaque détail de cette anatomie parfaitement soumise : fesses musclées fermement cambrées, muscle saillant mis en tension, regard voilé par le plaisir d'exposer sa vulnérabilité.

À la fin de la séance, Ethan était en nage et frémissant d'une excitation contenue. Satisfait, le photographe rangea son matériel.

- *Parfait. Ce sera un excellent support pour la prochaine vente aux enchères de ce week-end. Tous les clients voudront vous avoir après ça...*

De retour en loge, Ethan croisa le regard appréciateur de Jean-Pierre Durand dans le miroir. L'impeccable directeur de l'agence venait aux nouvelles.

- *Superbe séance, Ethan. Vous êtes devenu notre produit phare.*

Il posa une main possessive sur son épaule.

- *Continuez comme ça et vous aurez un brillant avenir dans nos...prestations d'élite.*

Ses doigts glissèrent le long du torse lisse en une caresse éloquente avant de le planter là. Resté seul, Ethan frissonna. Les perspectives évoquées par Jean-Pierre promettaient de repousser encore plus loin les limites de son asservissement...

La limousine aux vitres teintées le ramena bientôt à son domicile anonyme.

Sur le siège arrière, Ethan repensa à la séance photo du jour. Exhiber ainsi sans pudeur ce corps modelé pour le plaisir d'autrui avait éveillé son vice caché.

Rentré chez lui, il se soulagea rapidement, honteux mais incapable de combattre ce besoin impérieux.

Un message de l'agence lui indiqua qu'on viendrait le chercher le soir même à 20h pour une "soirée privée". Aucun autre détail, comme toujours. Les yeux bandés durant le trajet, Ethan ne saurait rien du lieu ni de l'organisateur avant d'arriver à destination. L'expectative et l'abandon de tout contrôle participaient du jeu érotique auquel il était irrémédiablement lié.

Le soir venu, après une rapide toilette pour se rafraîchir, Ethan monta dans la limousine qui fila vers une destination inconnue. Après 20 minutes de trajet, le chauffeur vint lui bander les yeux selon le protocole établi. La voiture bifurqua alors vers des petites routes de campagne avant de s'engager dans une allée gravillonnée.

Quand on lui retira son bandeau, Ethan découvrit une somptueuse propriété neo-classique. Dans le hall d'entrée, un majordome en livrée le prit en charge sans un mot et le conduisit vers une suite luxueuse.

Sur le grand lit était disposé un costume : marcel moulant en cuir, mini-short et boots assortis, le tout noir. Un collier de cuir complétait la panoplie de parfait petit esclave sexuel.

Ethan enfila la tenue suggestive et attendit les instructions. Au bout de dix minutes, le majordome revint le chercher et le mena au sous-sol.

Derrière une porte capitonnée se dévoila une vaste salle équipée pour le plaisir : cages, croix de saint André, tables de massage... Une dizaine d'hommes en smoking fumaient cigares et cognac dans un coin. L'air était saturé de puissance, de luxure et de vices assumés.

Le maître de cérémonie, un quinquagénaire athlétique, accueillit Ethan avec un sourire engageant.

- *Bienvenue parmi nous, jeune homme. Mes amis et moi-même apprécions beaucoup vos talents. Ce soir, vous avez carte blanche pour nous distraire...*
-

Il marqua une pause pleine de promesses.
- *Et rassurez-vous, tous vos désirs seront des ordres pour notre personnel dévoué.*

Sur ce, il tapota la croupe d'Ethan dans un geste déplacé d'appropriation et regagna ses invités.
Le jeune homme resta un instant interdit. Jamais on ne lui avait laissé une telle marge de manœuvre pour assouvir ses pulsions refoulées, d'ordinaire strictement canalisées au service d'autrui.

Mais l'idée de cette liberté surveillée l'enivrait autant qu'elle l'effrayait.
Il fit quelques pas dans la salle, détaillant le matériel on ne peut plus suggestif. Derrière lui,

les conversations reprenaient, ponctuées de de remarques grivoises, et sourires sur son anatomie. Ces hommes le déshabillaient du regard, impatients de le voir à l'œuvre.

Soudain, un projecteur braqué sur lui le figea sur place. Le maître de cérémonie avait repris la parole :

- *Cher ami, avant de vous donner les rênes, nous aimerions mieux vous connaître. Racontez-nous comment un si joli garçon a atterri dans le milieu...*

Des rires appréciateurs saluèrent cette demande déplacée. Acculé sous leur regard concupiscent, Ethan se sentit obligé de s'exécuter. Tête basse mais d'une voix claire, il relata ses débuts comme jouet sexuel, ses rencontres avec Louis et Jean-Pierre, le contrat le liant à l'agence...

À mesure qu'il se confessait, étalant l'étendue de sa dépravation consentie, Ethan sentait une étrange sérénité l'envahir. Affirmer publiquement sa nature de soumis était une libération.
Lorsqu'il se tut, les applaudissements saluèrent son récit sans fard.

- *Eh bien, jeune homme, vous assumez pleinement ce que vous êtes : un pantin de muscle lisse pour assouvir les plus noirs desseins*

Des hochements de tête approbateurs accueillirent ce constat.

-    *Je suis certain que vos talents de...disons, fellation, raviront notre assemblée*

Écarlate mais résigné, Ethan s'agenouilla docilement tandis que le premier homme s'approchait, déjà en train de déboutonner son pantalon...

La soirée s'écoula dans une sorte de brouillard euphorique pour Ethan. À genoux, il passa de cliente en client, offrant sans limite sa bouche aux gorges profondes.

Entre deux fellations, on lui présentait un verre pour maintenir sa vigilance. Parfois une main claquait ses fesses ou pinçait un téton juste pour le stimuler davantage.

Quand vint son tour, le maître des lieux exhiba un membre particulièrement impressionnant que Ethan s'efforça d'avaler sous les regards de l'assistance. Des larmes lui montèrent aux yeux quand l'énorme sexe pulsant s'enfonça dans sa gorge, l'étourdissant à demi. Mais il tint bon, désireux de satisfaire son public d'un soir.

Enfin, après avoir drainé la verge massive jusqu'à la dernière goutte de son épais nectar, Ethan s'écroula sur le sol capitonné, exténué mais fier d'avoir mené sa performance jusqu'au bout. Des murmures admiratifs saluèrent son abnégation.

On le laissa reprendre ses esprits le temps de lui apporter une collation. Puis le maître de cérémonie

reprit la parole :
- *Cher ami, vous nous avez enchanté ce soir. Et je sais que certains aimeraient vous témoigner leur gratitude de manière...plus intime.*

À ces mots, il désigna une porte où l'attendait vraisemblablement la suite des réjouissances.

Résigné, Ethan se releva et se dirigea vers le nouveau calvaire qui l'attendait...
Derrière la porte se révéla une alcôve équipée d'un matelas à même le sol et de menottes aux montants. Au centre l'attendait un homme d'une soixantaine d'années à la carrure massive, le regard impatient.

Sans un mot, Ethan se laissa entraver par ses soins, totalement soumis à son bon vouloir. Une fois immobilisé, l'homme entama une longue préparation sans once de tendresse, maniant sexe artificiel et autres accessoires avec dextérité.

Quand il le pénétra enfin, Ethan accueillit la douleur comme une délivrance. Son corps se faisait l'écho des coups de godes impitoyables qui le besognaient sans relâche.

Il ondulait des hanches en cadence, transformant la souffrance en plaisir coupable.
Enfin, l'homme se vida avec un grognement de satisfaction, le laissant pantelant et souillé sur le matelas humide. Mais déjà une autre silhouette se profilait, avide de prendre la relève pour de nouveaux sévices...

Ainsi Ethan passa-t-il de mains en mains, son corps devenant le réceptacle consentant de leurs fantasmes refoulés. Au petit matin, quand le majordome vint le rechercher, il était méconnaissable, le regard vitreux, le corps couvert de rougeurs a cause du martinet, et de fluides séchés.

Mais tandis qu'on le ramenait chez lui, il ressentait une étrange plénitude. En assouvissant les désirs de cette confrérie de dépravés, il avait aussi apprivoisé ses propres démons intérieurs. Cette nuit d'excès l'avait rapproché de sa vocation profonde : cellule de plaisir vouée à la satisfaction d'autrui.

Plus que jamais, il se sentait prêt à explorer les tréfonds du vice pour répondre aux exigences de ses riches clients. Et ce voyage au coeur des ténèbres ne faisait que commencer...

7 - DUO

Ethan poussa la porte vitrée de Prestige Intérim, l'estomac noué. Cela faisait plusieurs jours qu'il n'avait pas eu de nouvelles missions et il commençait à s'inquiéter. Se lassait-on déjà de lui ?

La sulfureuse réceptionniste l'accueillit avec son sourire carnassier.

- *Monsieur Durand vous attend dans son bureau avec votre nouveau partenaire*

Intrigué, Ethan suivit le couloir moquetté et entra dans le spacieux bureau de Jean-Pierre. Ce dernier se tenait debout à côté d'un jeune homme brun à la carrure athlétique.

- *Ethan, je vous présente Gabin qui travaillera avec vous désormais. Vous formerez un excellent duo*

Les deux hommes se serrèrent la main, échangeant un regard timide. Jean-Pierre leur fit signe de s'asseoir.

> - *J'ai une mission à vous confier ce week-end chez l'un de mes meilleurs clients.*

Il leur tendit une enveloppe contenant les détails.

> - *Il organise une soirée privée, une dizaine d'hommes d'un certain âge, en quête de divertissements particuliers. Votre rôle sera de les distraire en incarnant des gladiateurs.*

Voyant leur air intimidé, il précisa :

> - *Ne vous inquiétez pas, rien de trop osé prévu. Juste simuler un combat et interagir avec les clients. Le maître des lieux vous guidera sur place.*

Rassurés, Ethan et Gabin acceptèrent la mission et se donnèrent rendez-vous samedi soir à l'adresse indiquée. En attendant, l'appréhension mais aussi l'excitation montaient en eux.

Le jour J, ils furent accueillis par un majordome impassible qui les conduisit à une vaste salle aménagée pour l'occasion. Au centre, un large tapis de gymnastique. Aux murs, des accessoires de gladiateurs.

On leur indiqua une pièce pour se changer. Ils enfilèrent avec embarras les pagnes en cuir et les bracelets cloutés, mal à l'aise dans ces tenues dénudées.

- *Le maître vous attend au fumoir avant le spectacle*

leur indiqua le majordome.

Timidement, ils pénétrèrent dans la pièce feutrée où une dizaine d'hommes mûrs en costume dégustaient alcools et cigares. Des murmures appréciateurs accueillirent leur entrée.

Le maître des lieux, un athlétique quinquagénaire, vint à leur rencontre avec un sourire engageant.

- *Bienvenue jeunes hommes. Mes amis et moi avons hâte de vous voir à l'œuvre. Laissez-moi vous expliquer le déroulé...*

Il les entraîna à l'écart et leur exposa ses attentes :

- *Pour commencer, vous simulerez un combat de gladiateurs. Luttez, donnez des coups d'épée factices, ce genre de choses. Puis, nous passerons à des interactions plus... rapprochées.*

Voyant leur air effaré, il ajouta avec un clin d'œil :

- *Allons, détendez-vous. Vous êtes entre gens bienveillants. Et je suis certain que vous prendrez du plaisir à divertir cette honorable assemblée*

Sur ce, il tapota leurs fesses avant de regagner ses invités. Résignés, Ethan et Gabin se rendirent dans la salle prévue pour leur spectacle.

L'assistance prit place dans les fauteuils disposés en

arc de cercle, coupes de champagne à la main.

- *Messieurs, que le combat commence*

annonça théâtralement le maître de cérémonie.
Ethan et Gabin échangèrent des coups factices sous les encouragements grivois. Leurs pagnes se soulevaient au gré de leurs mouvements, dévoilant parfois une fesse ferme ou des abdominaux saillants.
Au terme d'une lutte virile, Gabin parvint à plaquer Ethan au sol, arrachant des vivats au public conquis.

- *Le vainqueur !*

s'exclama le maître de cérémonie.

- *Jeunes gladiateurs, vous nous avez enchantés.*
À présent, passons à la suite des réjouissances...

Ethan et Gabin furent conduits, rougissants, vers le coin VIP où les attendait l'assemblée, impatiente. Là, on leur fit revêtir des harnais de cuir à boucles métalliques mettant en valeur leur musculature.

Puis on leur fit allonger côte à côte sur un large matelas recouvert de fourrure.

Aussitôt, des mains se mirent à parcourir leurs corps huileux, appréciant leurs pectoraux saillants et leurs abdominaux dessinés.

Parfois, un téton était titillé ou une langue venait lécher une goutte de sueur nacrée.
Ethan et Gabin, gênés mais résignés, se laissaient

faire sous les murmures appréciateurs. Ils savaient quel était leur rôle : satisfaire les envies de ces hommes riches et influents.

Petit à petit, les pagnes furent retirés, exposant leur virilité juvénile qui commençait à durcir sous tant d'attention.

Des doigts curieux vinrent même taquiner leurs intimités, arrachant des halètements surpris aux deux hommes.

On leur fit ensuite revêtir des cuissardes lacées qui mettaient en valeur leurs mollets musclés et leur donnait des allures de étalons dominés. Puis le maître de cérémonie annonça :

-       *Mes amis, il est temps de préparer nos deux destriers pour la cavalcade !*

Des rires gras saluèrent ce jeu de mots grivois. Deux valets s'avancèrent, présentant des plateaux d'argent couverts de plugs anaux de tailles croissantes. L'intention ne faisait aucun doute...

Résignés mais frémissants malgré eux, Ethan et Gabin se cambrèrent docilement pour offrir leur intimité aux mains expertes qui allaient la travailler. Ils serraient les dents quand les premiers plugs pénétrèrent leurs anus.

Mais dans le regard qu'ils échangèrent transparut aussi une connivence coupable. Ensemble, ils découvraient les jeux interdits auxquels les

soumettaient leurs hôtes fortunés. Et ce partage rendait l'humiliation plus excitante que honteuse...
Peu à peu, les plugs s'épaissirent, étirant leurs chairs intimes avec une lenteur calculée.

Le maître de cérémonie jaugeait leur réaction avec un sourire gourmand, guettant le moindre frémissement trahissant leur plaisir refoulé.

Enfin, quand d'énormes plugs pulsants furent enfoncés au plus profond d'eux-mêmes, Ethan et Gabin ne purent retenir un long gémissement où se mêlaient souffrance et délice coupable. Leurs sexes tendus vibraient au moindre mouvement, stimulés intensément de l'intérieur.

- *Parfait, le dressage porte ses fruits*

constata le maître de cérémonie.

- *À présent, finissons de préparer nos montures avant de prendre les rênes...*

Aussitôt, des assistants s'affairèrent à fixer des harnais de cuir aux tétons durcis des deux hommes. Puis on leur présenta des moules de pénis en silicone impressionnants par leur taille.

- *Pour débuter votre rodage*

expliqua le maître de cérémonie avec un sourire goguenard.

Rougissants mais résignés, Ethan et Gabin ouvrirent docilement la bouche pour accueillir ces énormes invités. Ils n'avaient d'autre choix que de s'habituer à leur présence massive sur leur langue.

Pendant ce temps, leurs fesses rebondies subissaient une pluie de claques appréciatrices.

Les tapes sonores faisaient se contracter leurs muscles intimes autour des plugs vibrant, stimulant plus avant leur virilité suintante.

Quand enfin on les libéra de ces intrusments imposants, ce fut pour présenter à leurs lèvres entrouvertes la virilité déjà fièrement dressée des clients.

Tour à tour, ils durent accueillir chaque membre et le sucer consciencieusement sous les encouragements de l'assistance.

- *Allez à fond, ne vous ménagez pas*

intima un homme massif en poussant sa verge jusqu'à la garde dans la gorge d'Ethan. Ce dernier s'efforça de ne pas s'étrangler, la mâchoire douloureuse à force de l'étirer autour de cette imposante gourmandise.

Après chaque hôte servi, on leur faisait boire une rasade d'alcool pour maintenir leur vaillance. Puis les bouches avides se succédaient, gavant sans retenue les deux hommes de leur virile semence au goût âcre et musqué.

Enfin, quand chacun eu été rassasié, Ethan et Gabin furent placés à quatre pattes, croupe tendue vers le ciel. Le maître de cérémonie vint se placer derrière eux, un fouet souple à la main.

- *Il est temps d'éprouver la docilité de nos beaux étalons !*

annonça-t-il avec un regard entendu pour l'assistance.

Les premiers coups claquèrent secs sur les fesses offertes, arrachant des sursauts et des halètements aux deux hommes. Rapidement, les chairs blanches rosirent sous la morsure expert du fouet qui ne laissait aucun répit.

Ethan et Gabin se cramponnaient aux draps, le souffle court. Mais ce qui les troublait le plus était de sentir leur désir monter au rythme des impacts cuisants. Leurs sexes tendus frottaient délicieusement contre le matelas à chaque coup reçu.

Le maître des lieux jaugeait leur réaction avec délectation. Quand il estima la leçon comprise, il cessa le châtiment et vint flatter leurs croupes endolories en une caresse possessive.

- *Excellent. Vous encaissez merveilleusement bien. À présent, il est temps de chevaucher pour de bon !*

On fit mettre à quatre pattes Ethan et Gabin sur deux banc suédois recouverts de suédine noire, croupe bien en évidence. Les clients se relayèrent alors pour les prendre passionnément, s'enfonçant en eux avec des râles de plaisir.

Sous les assauts virils, les plugs vibraient contre leurs parois sensibles, démultipliant les sensations. Bientôt, leurs gémissements rauques se mêlèrent à ceux, plus gutturaux, de leurs cavaliers temporaire. Le claquement des chairs emplissait la pièce capitonnée.

Quand vint le tour du maître de cérémonie, il exhiba une virilité à l'avenant de son ego. Ethan se crispa quand le membre massif le pénétra, trop étroitement moulé à son goût. Mais il finit par se détendre, ondulant du bassin pour accompagner la possessivité de son hôte.

Une fois repu, ce dernier tapota la croupe luisante du jeune homme.

- *Bonne monture, vous avez le potentiel pour devenir champion dans notre écurie.*

Puis il appliqua une claque retentissante juste pour le faire se cambrer délicieusement.

Au petit matin, Ethan et Gabin regagnèrent tant bien que mal la voiture qui les ramena chez eux après une nuit éprouvante. Malgré leurs muscles endoloris et leurs culs rougis, ils ressentaient une étrange sérénité. Cette expérience partagée avait renforcé leur complicité naissante.

Mais ils n'eurent guère le temps de se remettre de leurs émotions. Dès le lundi matin, Jean-Pierre les convoqua à l'agence Prestige Intérim.

- *Mes amis, toutes mes félicitations pour votre prestation ce week-end ! Mon client est enthousiaste, il parle déjà de vous réengager bientôt.*

Ethan et Gabin échangèrent un regard à la fois embarrassé et secret. Le souvenir de cette nuit restait vif dans leur esprit.

- Mais avant, j'aimerais approfondir votre synergie particulière. J'ai une mission d'un jour à vous confier demain, ensemble.

Il leur tendit une enveloppe contenant une adresse à la sortie de la ville.

- *Soyez à ce château à 9h précises. Une voiture viendra vous chercher ensuite pour vous ramener chez vous le soir même. Des questions ?*

Ils secouèrent la tête, intimidés mais aussi excités par cette nouvelle aventure commune.

Le lendemain matin, ils se présentèrent au rendez-vous indiqué, en tenue décontractée comme demandé. Le château était une splendide bâtisse néoclassique nichée dans un grand parc.

On les fit entrer sans un mot et monter à l'étage dans une suite somptueuse. Là les attendait le même maître de cérémonie que lors de leur précédente rencontre. Il les accueillit chaleureusement.

- *Bienvenue à vous deux. Aujourd'hui sera une journée dédiée à explorer vos instincts les plus refoulés, ensemble et sans tabou*

Il désigna une porte discrète.

- *Derrière se trouve un espace équipé pour tous vos jeux. Prenez le temps d'en découvrir les possibilités, je reviendrai dans deux heures.*

Sur ce, il les laissa, intimidé mais aussi secrètement excités par cette liberté offerte.

Derrière la porte se révéla une pièce équipée comme une chambre sadomasochiste. L'éventail d'accessoires était impressionnant : chaînes, masques, godes, candles...

- *Eh ben, ils ne nous laissent pas le choix ! lança Gabin en sifflant. Ethan eut un petit rire nerveux. L'idée de se laisser aller sans retenue était grisante mais aussi effrayante.*

Finalement, Gabin prit les devants et commença à se dévêtir sans pudeur. Il avait un corps athlétique et viril qui ne laissa pas Ethan indifférent. Ce dernier l'imita bientôt et se retrouva nu face à son partenaire.

D'un commun accord, ils commencèrent par de longues caresses mutuelles pour se mettre en condition.

Puis Gabin attira Ethan vers un matelas et entreprit de lui bander les yeux. Ainsi privé de la vue, Ethan se sentait encore plus vulnérable et réceptif aux sensations.

Il sursauta lorsqu'une paire de menottes enserra

soudain ses poignets. Mais loin de le rebuter, cette mise en scène éveillait au contraire son goût de la soumission. Son sexe se durcissait déjà quand Gabin entama une lente exploration de son corps avec suavité.

Sa bouche chaude se posa tour à tour sur ses pectoraux saillants, ses abdominaux, son nombril, avant de finalement prendre en bouche son membre turgescent. Ethan se cambra en gémissant, submergé par le plaisir d'être ainsi totalement à la merci de son beau partenaire.

Quand il fut au bord de la jouissance, Gabin cessa sa douce torture de frustration, Ethan entendit le bruit caractéristique d'un lubrifiant qu'on s'apprête à utiliser. Un long frisson le parcourut lorsque le doigt de Gabin commença à élargir délicatement son trou.
Quand Gabin le pénétra avec sa grosse queue de 24 centimètre, Ethan l'accueillit avec des gémissement femelle.

Ils changèrent ensuite les rôles, Ethan prenant un malin plaisir à faire languir son partenaire avant de le prendre passionnément. Leurs corps musclés se mêlaient avec naturel, tous deux habités par le même appétit charnel.

La journée fila à une vitesse folle, ponctuées d'autres jeux audacieux. Ils goûtèrent aussi bien la fougue virile de corps à corps passionnés que la langueur de massages aux huiles musquées. Leurs corps en sueur finirent même entremêlés sous une douche coquine.

Quand le maître de cérémonie revint en fin d'après-midi, il les trouva allongés nus sur le matelas, enlacés et somnolents.

- *Alors, mes bâtards, on a fait plus ample connaissance à ce que je vois ?*

Ils hochèrent la tête, échangeant un sourire complice. Cette parenthèse hors du temps avait consommé leur complicité naissante. Leurs âmes sœurs de soumis s'étaient reconnues.

- *Parfait. Retenez bien ce lien qui vous unit désormais. Il rendra vos prestations encore plus exaltantes.*

Reconnaissants pour cette expérience libératrice, ils saluèrent une dernière fois leur hôte avant de regagner la voiture qui les ramènerait chez eux.

Epuisés mais sereins, ils savouraient ce sentiment de connivence désormais scellé par le plaisir partagé…

8 - MUSCULATION & DISCIPLINE

Quelques jours après leur expérience intime au château, Ethan et Gabin furent convoqués à l'agence Prestige Intérim par Jean-Pierre Durand. Ils se présentèrent au bureau du directeur.

- *Mes garçons, j'ai une grande nouvelle ! J'ai fait aménager une salle de musculation privée que vous êtes désormais priés d'utiliser quotidiennement.*

Il les entraîna vers une porte discrète au fond d'un couloir et l'ouvrit avec un petit air de triomphe. La pièce révélée était équipée d'appareils ultramodernes, miroirs sur tous les murs.

- *Voici votre nouveau temple du culturisme. J'attends de vous que vous y consacriez au minimum 2h par jour, 5 jours sur 7. Votre objectif : gagner un maximum de muscle de façon harmonieuse.*

Voyant leur air surpris, Jean-Pierre précisa avec un sourire engageant :

-       *Vos corps sont vos instruments de travail, mes amis. Vous devez les sculpter pour le plus grand plaisir de nos clients exigeants. Alors ne lésinons pas sur la musculation intensive !*

Reconnaissants pour les moyens investis mais aussi intimidés, Ethan et Gabin hochèrent la tête. Satisfait, Jean-Pierre tapota leurs fesses fermes.

-       *Parfait. Votre première séance commence dans 10 minutes. Des tenues sont prévues dans les vestiaires au fond. Bon entraînement !*

Restés seuls, les deux hommes échangèrent un regard mi-figue mi-raisin devant ce programme imposé. Mais ils n'avaient de toute façon guère le choix.

Dans les vestiaires, ils enfilèrent les tenues moulantes prévues - shorts en lycra et débardeurs sans manches. Puis ils débutèrent leur séance, de la musique rythmée emplissant la salle.

Ils attaquèrent par des séries d'abdos et de pompes pour échauffer les muscles. Puis ils enchaînèrent sur les appareils de musculation ciblant chaque groupe : pectoraux, shoulder press pour les épaules, leg press pour les cuisses…

2h durant, ils s'entraînèrent avec ardeur et discipline sous le regard des miroirs qui reflétaient leurs corps luisants de sueur. Malgré l'intensité, ils ressentaient aussi un certain plaisir à se muscler ensemble. Leurs regards complices se croisaient dans les miroirs entre deux séries.

Épuisés mais fiers, ils regagnèrent les vestiaires après avoir consciencieusement nettoyé chaque appareil. Demain, les courbatures seraient vives, mais ils avaient hâte de retourner soulever de la fonte.
Cette nouvelle routine s'installa vite.

Levés aux aurores, ils enchaînaient petit-déjeuner protéiné et séance de musculation intensive avant d'attaquer leur journée. Leurs corps se sculptaient visiblement au fil des semaines, muscles saillants sous la peau lisse et dorée.
Un jour qu'ils terminaient en soulevant des haltères, Jean-Pierre vint les féliciter.

- *Bravo, vos progrès sont visibles ! Vos clients vont être conquis. D'ailleurs, j'ai une nouveauté pour pimenter vos séances...*

Il leur tendit deux boîtes contenant des accessoires en cuir : masques intégraux avec œillères et colliers cloutés.

- *Dorénavant, vous porterez ceci à chaque entraînement. Histoire d'ajouter une touche érogène... et aussi pour vous couper du monde extérieur. Seul compte le muscle !*

Intimidés mais dociles, Ethan et Gabin enfilèrent les accessoires et reprirent leur programme, le cuir épousant leurs traits. C'était à la fois gênant et terriblement excitant. Ils se sentaient transformés en objets anonymes, réduits à leur seule enveloppe charnelle.

Leurs séances prirent un tour plus sensuel. Seuls comptaient leurs corps luisants et leur volonté de se surpasser. Parfois, la main d'Ethan s'attardait sur les pectoraux gonflés de Gabin, ou ce dernier encourageait son camarade d'une claque sur les fesses. Mais toujours avec retenue, conscients d'être sous surveillance.

Un jour cependant, emportés par le feu de l'entraînement, la frontière fut franchie. Alors qu'il aidait Gabin à la fin d'un set particulièrement intense, Ethan céda à une pulsion et posa ses lèvres sur les siennes. Suite à quoi, leurs mains s'aventurèrent dans des caresses moins équivoques, jusqu'à ce que leurs virilités turgescentes se frottent à travers le lycra...
Soudain, la porte claqua, les figeant.

Jean-Pierre se tenait sur le seuil, l'air sévère. Sans un mot, il leur intima de le suivre. La gorge sèche, se doutant du châtiment à venir, ils lui emboîtèrent le pas jusqu'à son bureau.

Là, Jean-Pierre prit place dans son large fauteuil en cuir et croisa les mains sur son bureau, jaugeant les deux hommes. Le silence s'éternisa, angoissant
.

- *Je suis extrêmement déçu*

finit-il par lâcher.

- *Je vous offre ce privilège rare de vous entraîner dans notre salle et voilà comment vous en abusez ?*

Confus, Ethan et Gabin gardèrent la tête basse.

-        *Nous sommes désolés Monsieur, cela ne se reproduira plus*

-        *Des excuses ne suffisent pas. Vous devez apprendre le respect et la discipline*

Jean-Pierre se leva et alla chercher un tiroir un martinet en cuir tressé. Le claquement sec sur son bureau fit frémir les deux hommes.

-        Ethan, penchez-vous sur le bureau. Gabin, vous corrigerez votre bâtard de camarade. Dix coups fermes. Agenouillez-vous ensuite dans ce coin jusqu'à nouvel ordre

Résignés, les deux hommes obtempérèrent. Ethan se pencha, offrant son postérieur rebondie, pendant que Gabin faisait claquer le martinet à contrecœur.

Son ami serrait les dents sous la morsure brûlante du cuir.

Une fois la punition infligée, ils attendirent genoux à terre, nus et tremblants d'une étrange excitation mêlée de honte. Enfin, Jean-Pierre les autorisa à se rhabiller et les congédia sur une dernière mise en garde.

De retour au vestiaire, leurs regards se croisèrent, mêlant complicité, désir et frustration de n'avoir pu assouvir leurs pulsions. Mais désormais, la prudence serait de mise durant leurs séances prohibées.

Le lendemain, courbaturés, ils se plièrent à leur routine d'entraînement intensif, masqués et recueillis. Leurs regards chargés de désir réfréné disaient pourtant tout ce qui ne pouvait être assouvi. Ainsi s'écoulèrent les semaines, partagées entre missions éprouvantes la nuit et culturisme acharné le jour.

Leurs corps se façonnaient pour le plus grand plaisir des clients fortunés aux désirs inassouvis. Ethan et Gabin irradiaient désormais d'une beauté juvénile et virile la mâtinée de soumission.

Lors des séances photos régulières, sous l'objectif expert ils prenaient des poses de plus en plus osées, cambrant les muscles saillants avec un naturel confondant.

Leurs regards voilés en disaient long sur leur plaisir coupable d'exposer ainsi leur totale vulnérabilité.

Parfois, pour satisfaire les fantasmes d'un client, on leur faisait revêtir leurs accessoires de soumission : masque, collier clouté et évoluer en étalons dominés au gré des envies perverses de leurs maîtres temporaires.

En coulisses, ils restaient sages, conscients d'être sous surveillance. Mais la frustration grandissait à chaque séance d'entraînement tendue de non-dits et de désirs inassouvis…

Un soir, la limousine les déposa au pied d'un immeuble cossu. Dans le hall les attendait le même majordome muet qui les avait accueillis lors de leur première mission commune.

Là, le maître des lieux les attendait, élégant dans son costume trois pièces sur mesure. La soixantaine dynamique, il dégageait une assurance tranquille et un goût certain pour les plaisirs de la chair.

- *Bienvenue mes lopes. Ce soir, j'aimerais pimenter notre séance par une petite mise en scène. Suivez-moi.*

Il les entraîna vers sa chambre puis désigna une porte dérobée.

- *Derrière se trouve un espace aménagé. Vous y trouverez des indications pour jouer la scène. Je vous laisse 15 minutes pour vous préparer avant de vous rejoindre.*

Intrigués, Ethan et Gabin pénétrèrent dans la pièce désignée. C'était un dressing luxueux où les attendaient deux tenues sur des cintres :
Pour Ethan, un body en cuir moulant constellé de clous métalliques.
Pour Gabin, un string en cuir et un harnais pectoral mettant ses attributs virils en valeur.
Sur la coiffeuse était posé un mot :

- *Votre rôle : deux esclaves prêts à assouvir*

ensemble les fantasmes de leur maître. Donnez libre cours à votre imagination débridée, le seul mot d'ordre est plaisir et soumission.

Les deux hommes échangèrent un regard d'excitation. L'occasion était trop belle pour laisser passer leurs frustrations refoulées.

Lorsqu'ils émergèrent de la pièce 15 minutes plus tard, méconnaissables dans leurs tenues exiguës, leur maître les attendait confortablement installé dans un fauteuil.

- *Mmm parfait mes jolis. Vous êtes fins prêts à assouvir mes désirs les plus fous n'est-ce pas ?*

Pour toute réponse, Ethan et Gabin échangèrent un regard entendu avant de s'avancer lascivement vers lui. Ce qui suivit les libéra de longues semaines de frustration, dans un mélange de sueur, de gémissement et de plaisirs interdits.

Cette nuit de liberté avait ravivé le lien charnel qui les unissait en secret. Et ce n'était qu'un prélude aux jeux défendus qu'ils comptaient bien continuer d'explorer ensemble.

9 - INCERTITUDE

Ce matin-là, lorsque Ethan et Gabin arrivèrent pour leur séance quotidienne à la salle de musculation, l'atmosphère leur parut étrange. Les employés chuchotaient dans les couloirs d'un air soucieux.

Intrigués, ils commencèrent leur entraînement, mais un malaise persistant planait. Au milieu d'un set de développé couché, la porte s'ouvrit brutalement sur Jean-Pierre Durand. Le directeur avait le visage fermé, ce qui contrastait avec son attitude joviale habituelle.

- *Messieurs, rhabillez-vous et rejoignez-moi dans mon bureau immédiatement*

lâcha-t-il avant de refermer la porte.

Interloqués, Ethan et Gabin échangèrent un regard inquiet. Cette convocation imprévue en pleine séance n'augurait rien de bon. Ils enfilèrent rapidement tee-shirts et jogging avant de se rendre au bureau de Jean-Pierre.

Ce dernier les attendait, assis raidement dans son fauteuil en cuir. Sans préambule, il annonça :

- *Messieurs, comme vous l'avez peut-être compris, Prestige Intérim traverse une zone de turbulence. Suite à... disons une mésentente entre associés, j'ai décidé de revendre l'agence.*

Ethan et Gabin accueillirent la nouvelle avec stupeur. L'agence vendue ? Qu'allaient-ils devenir ?

- *Rassurez-vous, rien ne change pour le moment*

poursuivit Jean-Pierre.

- *Les contrats en cours sont transférés tel quel au nouveau propriétaire*

Il fit une pause, joignant ses mains en triangle sous son menton.

- *Cela dit, votre situation pourrait être... réévaluée une fois la cession effective. Tout dépendra du bon vouloir du repreneur.*

Ethan sentit son estomac se nouer. Être "réévalués", cela signifiait potentiellement la fin de leur confortable situation actuelle, voire une rupture de contrat pure et simple...

De son côté, Gabin paressait partagé. D'un côté, il appréciait les privilèges de ce poste atypique. Mais sa fierté avait du mal à accepter cet asservissement consenti. La perspective d'un changement radical ne lui déplaisait pas tant...

- *Qui est le repreneur ?*

demanda-t-il.

- *Pourrions-nous le rencontrer avant la signature pour lui exposer notre situation ?*

Jean-Pierre eut un sourire ironique.

- *J'admire votre optimisme, jeune homme. Malheureusement, je ne peux rien vous dire du processus en cours. Les négociations se font de gré à gré, dans la plus stricte confidentialité*

Il se leva, signifiant que l'entretien était terminé.

- *Sachez juste que je saurai m'assurer de vos intérêts dans ce dossier. Faites-moi confiance. En attendant, poursuivez vos missions comme si de rien n'était.*

Peu rassurés mais contraints d'obtempérer, Ethan et Gabin regagnèrent la salle de musculation. Mais le cœur n'y était plus ce matin-là. L'incertitude planait sur leur devenir commun au sein de l'agence.
Durant les jours qui suivirent, ils tentèrent d'en savoir plus, mais se heurtèrent au silence des employés, visiblement tenus à la confidentialité. Les séances de musculation et les shootings photo s'enchaînaient comme d'habitude, mais dans une ambiance pesante.

Un soir, alors qu'ils se retrouvaient seul à seul après une mission éprouvante, Gabin lança :

-      *Cette histoire de vente me tracasse. J'ai tenté de contacter discrètement les manageurs pour avoir des informations, mais c'est le black-out total.*

Ethan hocha la tête. Lui aussi était rongé par le doute et les questions sans réponse.

-      *Qu'allons-nous devenir si le nouveau propriétaire décide de changer la donne ? J'avoue que j'apprécie les privilèges de ce job atypique.*

Gabin eut un rire amer.

-      *Tu parles ! Moi je n'en peux plus de me vendre au plus offrant. Ce n'est pas une vie.*

-      *Allons, ne soit pas défaitiste*

tempéra Ethan.

-      *Attendons de voir ce que nous réserve l'avenir chez ce nouveau directeur.*

Mais au fond, il partageait les craintes de son ami. Leur sort était entre des mains inconnues, et cette incertitude les rongeait jour après jour.

La semaine suivante, Jean-Pierre les convoqua à nouveau pour une annonce importante. Le cœur battant, ils se présentèrent à son bureau. Le directeur arborait un large sourire.

-      *Messieurs, j'ai le plaisir de vous informer que*

le processus de cession est finalisé. Permettez-moi de vous présenter le nouvel actionnaire majoritaire de Prestige Intérim

Il désigna un homme d'une quarantaine d'années au maintien altier, vêtu d'un costume sombre et d'une chemise pourpre.

- *Maxime Delcourt, pour vous servir. J'ai hâte de faire plus ample connaissance.*

Sa poignée de main était sèche et énergique. Son regard acéré semblait jauger Ethan et Gabin, évaluant leur potentiel.

- Jean-Pierre m'a beaucoup parlé de vous

poursuivit Maxime.

- *J'ai pu admirer le travail accompli pour mettre en valeur certains de nos... prestataires d'élite*

Il accompagna ces paroles d'un regard appuyé qui ne laissait aucun doute sur la nature des prestations évoquées.

- *Soyez assuré que je compte m'inscrire dans la droite lignée de votre prédécesseur. Votre confort et vos acquis seront préservés, si vous faites preuve de la même diligence qu'auparavant.*

Soulagés mais aussi intimidés par le charisme de leur nouveau supérieur, Ethan et Gabin hochèrent la tête. L'entrevue s'acheva sur une poignée de main virile.

De retour dans le couloir, ils échangèrent un regard mitigé. Le maintien de leurs privilèges était une bonne nouvelle. Mais ce Maxime dégageait un ascendant naturel qui laissait présager d'autres méthodes de management.

Une chose était sûre : cette passation de pouvoir marquait un tournant dans leur parcours au sein de l'agence. Restait à savoir si ce virage serait profitable ou s'il les mènerait droit dans le mur.

10 - TRANSFERT

Ethan et Gabin furent convoqués au bureau de Monsieur Delcourt, le nouveau directeur de Prestige Intérim. L'estomac noué, ils s'assirent face à lui, appréhendant ce qu'il allait leur annoncer.

Delcourt prit la parole d'une voix ferme:

- *Messieurs, comme vous le savez pas encore, j'ai racheté cette agence dans le but finalement d'opérer un virage stratégique vers la clientèle féminine. Votre profil ne correspond donc plus à nos besoins futurs*

Ethan et Gabin retinrent leur souffle, redoutant la suite.

- *Cependant, vous avez de la chance. J'ai reçu une offre très intéressante pour racheter vos contrats exclusifs de la part d'une institution privée répondant au nom de... l'Hacienda.*

À ce nom, les deux jeunes hommes échangèrent un

regard interrogateur. L'Hacienda ? Ils n'en avaient jamais entendu parler.

- *Le directeur de cet établissement, Monsieur Juge Hernand, s'est montré très convaincant pour vous recruter. J'ai donc accepté de lui céder vos contrats pour une coquette somme.*

Delcourt joignit ses mains sur le bureau, l'air satisfait de sa transaction.

- *Bien entendu, ce transfert est conditionné à votre accord. Mais sachez que refuser serait très… regrettable pour vous*

Son regard appuyé était explicite: ils n'avaient pas le choix.

- *Je vous laisse 24h pour vous décider, bien que j'ai peu de doutes quant à votre réponse*

conclut Delcourt.

- *Demain à la même heure, faites-moi part de votre décision.*

Sonné par ce retournement de situation, Ethan regagna son domicile dans un état second. Transférés comme de vulgaires marchandises… C'était déstabilisant mais aussi terriblement excitant. L'idée d'être modelé au gré de nouveaux fantasmes éveillait sa nature profonde de soumis.

Le lendemain, sans surprise, Ethan et Gabin acceptèrent le transfert lors de leur nouvel entretien avec Delcourt.

- *Parfait*

déclara ce dernier.

- *J'ai fait préparer les documents nécessaires que vous allez signer.*

Il leur tendit deux copies d'un avenant à leur contrat d'exclusivité, entérinant leur cession à l'Hacienda pour un montant impressionnant.

- *Voilà qui est réglé*

conclut Delcourt lorsqu'ils eurent paraphez et signé.

- *Un véhicule viendra vous chercher demain à l'aube pour vous conduire à votre nouvelle demeure. Bonne chance, messieurs. Je pressens que votre vie va radicalement changer...*

Cette nuit-là, Ethan eu beaucoup de mal à trouver le sommeil, obsédé par ce nouveau destin vers lequel il se sentait irrésistiblement attiré.

À l'aube, un véhicule aux vitres teintées vint chercher Ethan et Gabin pour les conduire à l'Hacienda, leur nouvelle demeure suite à la cession de leur contrat.

Le trajet se fit dans un silence pesant, chacun perdu dans ses pensées. Au bout d'une heure, la voiture s'engagea dans une allée bordée de grands arbres avant de s'arrêter devant un portail monumental en fer forgé.

Il s'ouvrit pour les laisser passer.

Ethan retint une exclamation en découvrant la majestueuse bâtisse qui se dressait maintenant devant eux.

L'Hacienda était une magnifique demeure coloniale, avec des murs blancs immaculés et des tuiles rouges sur le toit. Une cour intérieure s'étendait, bordée de galeries à colonnades.

L'architecture était à la fois majestueuse et intimidante, avec des colonnes robustes et des arches élégantes. Sur les côtés, deux grandes dépendances abritaient peut-être des secrets. Les hauts murs assuraient une parfaite confidentialité.

La voiture s'arrêta devant l'entrée monumentale. Là les attendait un homme d'une soixantaine d'années au maintien altier, vêtu d'un costume trois pièces anthracite.

- *Messieurs, soyez les bienvenus à l'Hacienda. Je suis Juge Hernand, le directeur de cette institution. Suivez-moi, je vais vous faire visiter.*

Intimidés, Ethan et Gabin lui emboîtèrent le pas à l'intérieur du bâtiment. L'intérieur était à la hauteur de la façade, avec des plafonds voûtés, des dallages de marbre et des boiseries sombres.

Le long couloir qu'ils arpentaient était bordé de lourdes portes qui attisaient la curiosité. Où menaient-elles ? Quels secrets renfermaient-elles ?

- *L'Hacienda est un lieu où l'élite vient assouvir*

ses fantasmes les plus refoulés, loin des regards indiscrets

expliqua Hernand.

- *Votre rôle sera de satisfaire leurs désirs, aussi extrêmes soient-ils*

Il s'arrêta devant une cellule et en ouvrit la porte coulissante. À l'intérieur, de solides anneaux étaient scellés au mur et au sol. Le message était explicite.

- *Bien sûr, certains pensionnaires nécessitent parfois une mise au pas... ferme. D'où ces installations disciplinaires.*

Il referma la porte et poursuivit sa visite. La gorge nouée, Ethan et Gabin se rendaient compte du contrat tacite qu'ils venaient de passer. Leur libre-arbitre venait de leur être retiré au profit des fantasmes d'autrui.

Enfin, Hernand les confia à un homme d'une cinquantaine d'années au regard sévère, ce dernier s'appelait Louis lui aussi. Cela rappella des souvenirs à Ethan, mais ce n'était décidément pas le même genre de dominateur.

- *Louis ici présent sera votre supérieur direct. Obéissez-lui en tous points. Rompez !*

Ainsi commençait leur nouvelle vie à l'Hacienda. Désormais, ils n'étaient plus que des instruments de chair aux ordres de leurs riches clients. Leur apprentissage allait être rigoureux…

Ethan et Gabin venaient de faire la rencontre de Louis, qui serait leur supérieur direct à l'Hacienda. L'homme dégageait une impression de dureté et d'autorité naturelle.

- *Suivez-moi, je vais vous conduire à vos quartiers*

ordonna-t-il sèchement.

Docilement, ils lui emboîtèrent le pas à travers un dédale de couloirs jusqu'à une section plus reculée du bâtiment. Louis ouvrit une porte qui donnait sur une petite chambre spartiate, avec deux couchettes et une armoire.

- *Voilà votre dortoir. Vos effets personnels vous seront retirés pour éviter toute tentation de fuite.*

Puis il désigna une porte au fond :

- *Derrière se trouvent les douches communes. Vous vous laverez deux fois par jour minimum pour rester présentables, sauf indication contraire.*

Une petite lucarne grillagée diffusait un faible éclairage. C'était propre mais froid et impersonnel. Leur intimité allait être totalement abolie.

- *Le déjeuner est dans une heure*

reprit Louis.

- *Vous avez quartier libre d'ici-là pour vous familiariser avec les lieux*

Sur ce, il sortit en verrouillant la porte derrière lui. Le cliquetis de la serrure eut un effet sinistre. Ils étaient désormais prisonniers de ce lieu étrange.

- Eh ben, on est pas sortis de l'auberge

soupira Gabin en s'asseyant sur une des couchettes.

- *Tu te rends compte de ce qu'on vient d'accepter ? On est à leur merci totale !*

Ethan hocha la tête. Lui qui d'ordinaire acceptait sereinement sa condition de soumis sentait poindre un début d'inquiétude. L'Hacienda semblait regorger de sombres secrets.
- Allons, gardons confiance

tempéra-t-il.

- Nous ignorons encore ce qui nous attend vraiment ici. Et puis n'est-ce pas notre vocation d'assouvir les désirs de nos supérieurs, aussi singuliers soient-ils ?"

- Mouais, tu l'as dit, singuliers"

grommela Gabin.

- *J'ai comme l'impression qu'on va toucher le fond ici*

À l'heure dite, Louis vint les chercher pour le déjeuner. La cantine commune réunissait une dizaine de jeunes hommes au physique avantageux, visiblement recrutés sur le même "vivier" qu'eux. L'ambiance était feutrée, chacun vaquant à sa tâche silencieusement.

Après le repas frugal, Louis leur annonça leur première affectation : le ménage des douches communes. Munis de seaux et de serpillères, Ethan et Gabin s'attelèrent à leur tâche ingrate, sous l'œil vigilant d'un surveillant.

Savonnage intensif des carrelages, décrassage minutieux des cabines, tout y passa. Les mains plongées dans l'eau sale, ils échangèrent un regard éloquent. Leur nouvelle vie serait faite d'abnégation et d'obéissance absolue…

Cela faisait maintenant deux semaines qu'Ethan et Gabin avaient intégré l'Hacienda. Leurs journées étaient rythmées par les corvées ingrates qu'on leur assignait : lessives, plonge, ménages en tout genre…
Ils n'avaient encore jamais croisé un des fameux "clients" qu'ils étaient censés divertir par leur soumission.

Et l'attente devenait de plus en plus excitante. Quand seraient-ils enfin jugés dignes de remplir leur rôle premier ?
Un matin, Louis vint frapper à la porte de leur dortoir.

- *Debout flemmards !*

J'ai une mission spéciale pour vous aujourd'hui."
Intrigués, ils le suivirent à travers le dédale de couloirs jusqu'à une zone plus luxueuse de l'Hacienda. Louis s'arrêta devant une suite ornée de boiseries et ouvrit la porte.

- *Voici l'antre de notre pensionnaire le plus exigeant, Monsieur Deschamps. Votre tâche sera de le divertir ce soir lors de sa venue.*

Ethan et Gabin échangèrent un regard mêlant excitation et appréhension. Enfin le moment tant attendu !

- Je veux cette suite impeccable pour 20h

reprit Louis.

- *Vous trouverez des tenues de domestiques dans la penderie. Et prenez garde à satisfaire les moindres fantasmes de Monsieur Deschamps !*

Sur ce, il les laissa pour préparer les lieux. La suite était magnifique, décorée avec raffinement. Dans la penderie les attendaient de minimais tenues de servant : marcel moulant, short court et minimaliste, collier de soumission...

Ils enfilèrent les vêtements suggestifs et s'attelèrent à leur tâche, le cœur battant à l'idée de ce qui les attendait.

À 20h précises, la porte s'ouvrit sur un homme d'une soixantaine d'années à la carrure massive, vêtu d'un peignoir en soie pourpre.

- *Bonsoir messieurs*

Sa voix était profonde, avec une pointe d'accent aristocratique. Son regard balaya la pièce avant de s'arrêter sur Ethan et Gabin.

- *Parfait, je vois que le service est à la hauteur de mes attentes.*

Il s'installa dans un fauteuil et désigna un plateau avec une coupe de champagne. Aussitôt, Ethan s'empressa de la lui apporter, tête basse en signe de soumission.

- *Bien... très bien*

murmura Deschamps après une gorgée.

- *Vous êtes ici pour obéir, n'est-ce pas ?*

- *Oui Monsieur*

répondirent-ils en chœur

- *Alors montrez-moi cela. Déshabillez-vous*

Le regard plein de convoitise, il sirotait son champagne pendant qu'ils exécutaient la demande sans hésiter. Leurs corps musclés furent bientôt exposés, en tenue d'esclave.

- *A genoux maintenant. Rampez jusqu'à moi.*

Les ordres se firent plus crus, mais Ethan et Gabin s'y plièrent avec docilité, désireux d'assouvir l'appétits de leur hôte. Ils savaient que ce n'était là qu'un prélude.

11 - L'AILE DES BATARDS

Ethan et Gabin furent convoqués par Louis et conduits à travers un dédale de couloirs vers une aile reculée de l'Hacienda. Arrivés devant une imposante porte en bois, Louis se tourna vers eux :

-   *Vous avez été affectés à l'aile des Bâtards.*

Tâchez de vous montrer à la hauteur.
Sur ce, il ouvrit la porte et les poussa à l'intérieur avant de repartir. Déstabilisés, Ethan et Gabin découvrirent avec surprise un tout autre décor.
Un vaste jardin s'étalait, avec des parterres fleuris, des fontaines et un chemin pavé. Plus loin, la piscine reflétait le soleil couchant. À côté, une salle de musculation rutilante.

-   *Eh bé, on change d'univers !*

s'exclama Gabin.

- *L'aile des Bâtards doit être réservée à une élite*

supposa Ethan.

Soudain, une voix les interpella :

- *Tiens tiens, de la chair fraîche ! Je suis Alexandre, bienvenue !*

Un jeune homme athlétique aux biceps saillants s'approchait, vêtu seulement d'un marcel et d'un short de sport. Derrière lui suivaient deux autres garçons au physique avantageux.

- *Voici Steven et Gabe. On forme l'équipe des Bâtards !*

Après les présentations, Alexandre les invita à s'assoir au bord de la piscine. L'atmosphère était détendue, bien loin de la discipline ascétique du reste de l'Hacienda.

- *Alors, qu'est-ce qui vous amène ?*

demanda Steven.
Ethan et Gabin expliquèrent qu'on venait de leur annoncer qu'ils étaient affectés à cette aile sans plus de précisions.

- *Je vois, le duo de chouchous du boss !*

plaisanta Alexandre.
- *Vous êtes arrivés au bon endroit. Ici on sait*

recevoir!

Il leur fit un clin d'œil complice. Ethan commençait à comprendre pourquoi cet endroit s'appelait "l'aile des Bâtards". Visiblement, les privilégiés affectés ici cultivaient un certain art de vivre hédoniste.

Gabe revint avec des bières et trinqua :

- *Bienvenue chez les Bâtards ! Je sens qu'on va vite devenir potes.*

Ils discutèrent encore un moment, apprenant à se connaître. Puis Alexandre proposa à Ethan et Gabin de visiter la salle de musculation. En les voyant hésiter, il lança :

- *Allez les gars ! Ici on aime partager… Tout !*

Avec un clin d'œil entendu, il retira son marcel, dévoilant un torse parfaitement musclé et luisant de sueur. Ressentant une connexion immédiate, Ethan et Gabin sourirent et le suivirent…

Ethan et Gabin suivirent Alexandre dans la luxueuse salle de musculation de l'aile des Bâtards. Torses nus, les trois athlètes commencèrent à s'échauffer, s'admirant du coin de l'œil.

- *Alors, on leur fait honneur à ces pecs ?*

lança Alexandre en chargeant une barre de 100 kilos au bench press.

Relevant le défi, Ethan et Gabin prirent place de chaque côté pour l'assister. Leurs muscles saillirent sous l'effort, veines apparentes. L'atmosphère virile était électrique.

- *À mon tour !*

déclara Ethan quand Alexandre eut fini sa série. Il s'allongea et les deux autres l'encouragèrent, frôlant ses bras luisants au passage.

Puis Gabin prit la relève sous les acclamations. La sueur coula, les testostérones s'échauffèrent.

- *Allez on termine aux altères !*

proposa Alexandre, déjà en sueur. Ils soulevèrent chacun leurs tours des poids conséquents, admirant les biceps gonflés de leurs camarades. L'effort était intense mais épanouissant.

- *Eh ben les petits nouveaux, vous assurez !*

constata Alexandre, tapotant leurs fesses d'un geste virile.

- *On forme déjà une sacrée équipe nous trois*

Ethan et Gabin échangèrent un sourire. En quelques heures à peine, ils se sentaient adoptés par leur exhubérant camarade aux allures de meneur. L'ambiance décontractée de l'aile des Bâtards contrastait tellement avec le reste de l'Hacienda.

Soudain, Steven entra dans la salle de musculation, l'air contrarié.

- *Les gars, Juge Hernand vous convoque immédiatement dans son bureau !*

La mine d'Alexandre s'assombrit. Visiblement, une telle convocation n'augurait rien de bon.

Il tapota l'épaule d'Ethan et Gabin en signe de soutien.

- *Bon courage les petits nouveaux... Le boss a pas l'air commode là."*

Ethan et Gabin enfilèrent des tee-shirts et suivirent Steven qui les guida à travers des dédales de couloirs. L'aspect luxueux de l'aile des Bâtards laissa vite place à des zones plus austères.

Enfin, ils arrivèrent dans le bureau directorial. Hernand les attendait, le visage fermé.

- *Asseyez-vous*

ordonna-t-il sèchement.

- *J'ai pris la décision de fixer la date de votre jugement.*

Interloqués, Ethan et Gabin échangèrent un regard inquiet. Leur jugement ? Qu'est-ce que cela signifiait ?

- *Ne faites pas ces têtes effarées*

reprit Hernand.

- *Le jugement est une étape cruciale ici. Il déterminera si vous avez l'étoffe pour satisfaire nos prestigieux pensionnaires ou si vous n'êtes que de vulgaires sous-produits.*

Il joignit ses mains sur le bureau.

- *Préparez-vous donc. Dans une semaine, vous serez soumis à une série d'épreuves décisives.*

Sur ce, il les congédia d'un geste sec. Sonné par cette annonce inquiétante, Ethan regagna sa chambre comme dans un brouillard. Un jugement ? Qu'allaient-ils leur faire endurer ?

- *Ça m'a tout l'air d'être un bizutage en règle. Je le sens mal ce truc !*

dit Gabin

Ethan posa une main rassurante sur son épaule.

- *Prouvons-leur que nous sommes dignes de satisfaire leurs désirs.*

Gabin hocha la tête, peu convaincu. Le naturel soumis d'Ethan avait parfois du mal à le comprendre

Un peu plus tard, Alexandre vint frapper discrètement à leur porte.

- *Alors les gars, ce rendez-vous avec le boss ? Racontez-moi !*

Ils lui narrèrent la convocation inquiétante. Alexandre pinça les lèvres.

- *Le jugement… J'espère que vous êtes prêts les gars. C'est en général une sacrée épreuve*

Voyant leurs mines déconfites, il leur tapota l'épaule.

-    *Allez on se détend ! Ce soir je vous emmène faire un tour du propriétaire à la piscine. Ça vous changera les idées*

Le reste de la journée fila agréablement entre baignades rafraîchissantes et discussions au bord du bassin. Steven et Gabe leur narrèrent quelques anecdotes croustillantes sur certains pensionnaires de l'Hacienda.

Puis la conversation dévia sur Mathis, un jeune homme au corps sculpté qui avait suivi un dressage intensif.

-    *Paraît qu'il est parti pour une convention SM expliqua Steven.*

-        *Le boss voulait exhiber sa créature parfaitement soumise et entraînée pour supporter des soumissions ultimes*

L'idée fit frissonner Ethan et Gabin. Était-ce également ce qui les attendait ?

Enfin, Alexandre évoqua Florian, une autre recrue prometteuse actuellement en formation intensive avec Louis.

-    *Dur programme aussi pour lui ! Mais s'il survit à l'entraînement, il sera un petit bijou.*

Sur ces entretiens, la nuit était tombée.

De retour dans leurs quartiers après cette soirée revigorante, Ethan et Gabin étaient encore excités par toutes ces discussions viriles au bord de la piscine.

- Je sais pas toi, mais moi j'ai encore de l'énergie à revendre !

lança Alexandre en retirant son marcel détrempé.

- On fait un petit sparring torse nu pour évacuer ?

Le regard appréciateur qu'il posa sur le corps musclé de ses camarades en disait long sur ses intentions.

- Eh, bonne idée !

approuva Ethan, déjà emballé à l'idée de frôler à nouveau cette musculature saillante. Lui et Gabin enlevèrent aussi leurs tee-shirts et emboîtèrent le pas à Alexandre vers la salle de sport.

Là, Steven augmenta les lumières tamisées pour mettre en valeur leurs abdominaux luisants et leurs pectoraux gonflés.

La température monta rapidement alors qu'ils échangeaient des coups légers, plus prétextes à contacts rapprochés qu'autre chose.
Bientôt, Alexandre stoppa le combat factice et attira Ethan contre son torse en sueur.

Leurs muscles glissaient délicieusement l'un contre l'autre alors que Alex enlaçait le beau brun avec un sourire en coin.

- *Alors, on aime se frotter contre moi hein ?*

susurra-t-il à son oreille. Pour toute réponse, Ethan se colla plus étroitement contre lui, cambrant les reins avec une petite moue aguicheuse.

De leur côté, Gabin et Steven s'étaient rapprochés, appréciant mutuellement leurs attributs athlétiques. Steven fit courir une main curieuse sur les abdos saillants de Gabin.

- *T'es vraiment bien gaulé mec. Ça donne des idées*

dit-il avec un regard plein de sous-entendus.
Gabin frémit sous la caresse mais ne se déroba pas. L'atmosphère désinhibée de ce lieu le poussait à assumer ses envies refoulées.

Bientôt, les deux duos étaient enlacés au milieu du tatami, leurs mains parcourant avidement les corps luisants et musclés à souhait. Leurs lèvres se joignirent, d'abord avec une tendresse étonnée, puis avec fougue, libérant toutes les frustrations des dernières semaines.

- *Bordel vous êtes trop canons...*

dit Alexandre en dévorant des yeux ses trois compagnons.

- *J'ai bien envie de vous goûter, là tout de suite.*

Pour accentuer ses paroles, il fit descendre

sensuellement ses mains de la nuque d'Ethan jusqu'à ses fesses fermes, avant de glisser un doigt taquin entre ses reins.

- *Oui, lâchons-nous*

gémit Ethan, le souffle court.

C'est ainsi qu'ils se retrouvèrent tous les quatre enlacés sur le grand matelas, leurs mains et leurs bouches explorant sans retenue ce festin de chair masculine offert.

Alexandre chevaucha bientôt Ethan, ses puissants abdominaux ondulant alors qu'il le besognait avec fougue. Leurs râles et le claquement de leurs corps emplissaient la pièce.

De leur côté, Steven avait finalement plaqué Gabin contre le mur, le pénétrant avec autorité. Mais son expression montrait autant de tendresse que de désir brut.

- *Tu me rends fou... Prends-moi, je suis à toi !*

dit Gabin, totalement soumis à la fougue de son bel amant.

Ils inversèrent plusieurs fois les rôles, chacun goûtant tour à tour la domination et la vulnérabilité d'être pris avec force. Leurs soupirs et leurs cris se répondaient dans un chœur érotique.

Enfin, épuisés et repus, ils s'effondrèrent en sueur sur le matelas. Alexandre enlaça tendrement Ethan, caressant ses boucles brunes humides.

- *Merci pour ce moment les gars... Vous êtes vraiment des bêtes de sexe !*

Ils éclatèrent tous de rire, scellant cette nouvelle complicité virile dans la luxure partagée. Quoi qu'il advienne, ces instants volés resteraient gravés dans leur mémoire

12 - LE JUGEMENT

L e jour du jugement tant redouté arriva enfin pour Ethan et Gabin. Convoqués à l'aube dans le bureau de Hernand, ils s'y rendirent non sans appréhension. Le directeur arborait un rictus inquiétant.

- *Messieurs, le moment de prouver votre valeur est venu. Suivez-moi*

Il les emmena à travers des couloirs jusqu'à une vaste salle aux murs capitonnés. Là les attendait une dizaine d'hommes en costume : le prestigieux Cercle qui jugerait de leur aptitude.

- *Distingués membres, voici deux de nos recrues les plus prometteuses, Ethan et Gabin* annonça Hernand.

- *Ils aspirent à vous divertir et sont prêts à en démontrer l'étendue aujourd'hui*

Les imposants notables hochèrent la tête d'un air entendu. Louis entra alors, poussant des chariots chargés d'instruments énigmatiques.

- *Pour leur jugement, j'ai préparé une série d'épreuves décisives qu'ils devront traverser avec succès pour gagner leurs galons. Louis ici présent se chargera de ces tests.*

Il se tourna vers Ethan et Gabin.

- *Ne ménagez pas nos recrues. Elles doivent être trempées pour répondre à nos exigences.*

Sur ce, il quitta la pièce, laissant place à Louis.

- *Messieurs, je vous demanderai de vous dévêtir intégralement*

ordonna-t-il de sa voix rocailleuse.

Résignés, Ethan et Gabin obéirent, dévoilant leur anatomie athlétique aux regards appréciateurs du Cercle.

- *Bien. Attachez vos poignets à ces anneaux.*

Il désigna des fixations au mur prévues à cet effet. Les deux hommes furent bientôt bras écartés, offrant leur torse musclé. Leurs têtons se durcirent sous la fraîcheur ambiante.

- *Parfait. Passons à la première épreuve*

Louis s'approcha avec un instrument muni de pinces et de ressorts, dont la fonction laissait peu de doute. Il appliqua une pince sur chaque téton d'Ethan, arrachant une grimace au jeune homme. Puis il actionna le mécanisme.

Aussitôt, une tension lancinante s'exerça sur ses bourgeons, les étirant de manière de plus en plus inconfortable. Ethan serra les dents, rougissant de se faire ainsi malmener devant le Cercle impassible.

Louis répéta l'opération sur Gabin, ajoutant des pinces supplémentaires sur leurs mamelons déjà malmenés. Il régla la tension au maximum, faisant saillir leurs pectoraux sous la stimulation douloureuse.

-   *C'est ça, contractez bien ces beaux pecs*

murmura Louis en pinçant leurs muscles gonflés. Puis il s'écarta, les laissant endurer ces tourments raffinés.

Quand au bout de longues minutes il les libéra enfin, leurs torses luisants arboraient des marques rouges révélatrices. Mais déjà, Louis s'emparait d'un autre instrument.

-   *Voyons à présent votre résistance aux sondes anales électro-musculaires.*

Malgré le nom barbare, la finalité était évidente. Rougissants mais résignés, Ethan et Gabin se cambrèrent lorsque Louis introduisit en eux de larges plugs métalliques.
Le contact froid les fit frémir.

-   Activation des stimulations électriques en mode un

déclara Louis d'une voix clinique.
Aussitôt, les plugs se mirent à vibrer en eux, provoquant des contractions involontaires de leurs sphincters. Surpris, ils ne purent retenir des gémissements alors que leurs fesses se contractaient sans contrôle.

Le Cercle observait le spectacle avec intérêt, jaugeant leurs réactions sans vergogne.

- *Augmentation en mode deux*

reprit Louis après quelques minutes.

Les vibrations s'intensifièrent, arrachant des halètements aux deux hommes qui se tortillaient, impuissants face à cette stimulation abusive. Leurs muscles abdominaux se bandaient et se détendaient au rythme des assauts impitoyables.

Enfin, Louis retira les plugs avec neutralité.

- *Réaction positive. Vous supportez bien la dilation électro-musculaire, c'est noté*

Il laissa à peine le temps à Ethan et Gabin de reprendre leur souffle avant d'annoncer :

- *Passons maintenant au test de résistance aux dispositifs de pénétration automatisés*

Cette suite promettait de repousser encore leurs limites…

Après avoir subi les redoutables pinces à tétons et les plugs électro-musculaires, Ethan et Gabin frémissaient à l'idée de la prochaine épreuve concoctée par Louis pour leur jugement impitoyable.

- *Il est temps à présent de tester votre résistance aux dispositifs de pénétration automatisés* déclara ce dernier de sa voix atone.

Deux assistants musclés firent alors rouler jusqu'à eux d'étranges machines composées de bras articulés terminés par des godemichés, des plugs et autres accessoires aux formes suggestives.

-   *Batârds, placez-vous dans le sling*

Rougissants mais dociles, Ethan et Gabin obéirent, offrant leur intimité à ces mécanismes menaçants. Les membres du Cercle se penchèrent en avant dans leurs fauteuils, ne voulant pas perdre une miette du spectacle.

-   *Activation séquence un*

déclara Louis.

Aussitôt, les bras robotisés s'animèrent et vinrent titiller les intimités exposées. Ethan se mordit la lèvre lorsqu'un gode relativement fin le pénétra, entamant de lents va-et-vient mécaniques.

À ses côtés, Gabin ferma les yeux et serra les poings quand un plug vibrant s'enfonça en lui, faisant frémir ses chairs sensibles.

Peu à peu, les machines accélérèrent leur rythme de pénétration, arrachant des râles aux deux hommes. Leurs muscles abdominaux se contractaient et se détendaient au gré des assauts rythmés et implacables.

-   *Activation séquence deux*

annonça alors Louis.

Les bras se rétractèrent, laissant place à des appendices plus volumineux aux contours phalliques. Un frisson d'appréhension parcourut Ethan et Gabin alors que ces nouveaux violeurs mécaniques titillaient leurs orifices lubrifiés.

Puis les pénétrations automatisées reprirent de plus belle, mais avec une vigueur et une taille proprement inhumaines cette fois. Sous la puissance brute des machines, Ethan et Gabin ne purent retenir leurs gémissements de douleur mêlée de plaisir coupable.

- Prenez-en encore plus, détendez-vous

intima Louis en manipulant les commandes.

Les queues métalliques s'enfoncèrent impitoyablement, au rythme des râles qui s'échappaient des deux hommes.

Leurs cuisses et leurs fesses se contractaient sous les assauts. Du liquide séminal s'échappait de leurs sexes tendus, attestant de leur excitation refoulée.

Enfin, au bord de l'évanouissement, Louis arrêta les machines infernales.

- *Vos capacités d'acceptation sont plus qu'honorables*

constata-t-il en nettoyant les accessoires souillés.

- *Passons à présent à l'épreuve de soumission*

aux instruments de correction.

Ethan et Gabin furent placés à genoux, les mains agrippant des barres métalliques au mur pour ne pas faillir. Leurs dos luisants de sueur étaient exposés et vulnérables.

Louis prit place derrière eux, un impressionnant martinet de cuir clouté à la main.

- *Ceci me permettra de jauger votre endurance à la douleur et votre capacité d'obéissance absolue*

expliqua-t-il.

Puis, sans crier gare, il abattit le premier coup sur le dos d'Ethan, lui arrachant un cri de souffrance. Rapidement, une marque rougeâtre apparut, mais déjà le deuxième coup claquait, implacable.
Serrant les dents, Ethan encaissa tant bien que mal cette pluie de coups impitoyables.

Son dos musclé se crispait et frémissait dans un réflexe vain d'esquive. La morsure des lanières acérées était insoutenable mais il tint bon par fierté.

À ses côtés, Gabin était livide, redoutant son propre tour sous les assauts du terrible fouet. Lorsque Louis se tourna enfin vers lui, il ne put retenir un gémissement de souffrance pure alors que le martinet entamait sa besogne punitive.

Bientôt, tout son dos ne fut plus qu'un océan de

douleur et de chair à vif. Mais il continua d'agripper la barre, les larmes coulant sur son visage crispé. Montrer sa faiblesse aurait été pire encore que n'importe quel supplice.

Enfin, après d'interminables minutes, Louis cessa le châtiment.

- *Excellent. Je peux certifier que votre endurance est à la hauteur de nos exigences.*

Il appliqua un baume apaisant sur leurs dos meurtris, mais déjà, Hernand faisait son entrée dans la salle, l'air satisfait.

- *Alors Louis, quel est votre verdict sur nos recrues ? Sont-elles dignes de satisfaire les prestigieux membres du Cercle ?*

Louis se tourna vers le directeur.

- *Monsieur le Directeur, j'ai l'honneur de vous annoncer que Ethan et Gabin ont brillamment passé leurs épreuves de jugement. Je les certifie aptes à endurer les pires traitements pour le plaisir de nos estimés clients.*

Un murmure de satisfaction parcourut l'assistance. Soulagés, Ethan et Gabin échangèrent un sourire discret, conscients d'avoir franchi une étape décisive, même si d'autres défis les attendaient.

Épuisés mais soulagés, Ethan et Gabin pensaient en avoir fini avec les terribles épreuves de leur jugement. Mais le directeur Hernand leur apprit qu'il ne s'agissait là que d'un avant-goût.

- *Distingués membres du Cercle, je vous propose à présent de prendre quelques rafraîchissements bien mérités. Pendant ce temps, nos deux recrues resteront à votre entière disposition pour une inspection plus...approfondie.*

Aussitôt, des assistants vinrent entraver Ethan et Gabin dos au mur, bras et jambes écartés dans une posture humiliante mais terriblement excitante.

Leurs corps athlétiques, luisants de sueur et marbrés d'hématomes, étaient ainsi totalement exposés aux regards inquisiteurs des imposants notables.

Ces derniers se dirigèrent vers le buffet où les attendait un généreux apéritif dinatoire.

Tout en dégustant mets raffinés et grands crus, ils jetaient des coups d'œil lubriques à leurs deux captifs.

Bientôt, l'un des membres s'approcha d'Ethan, une coupe de champagne à la main.

D'un geste désinvolte, il se mit à caresser le torse musclé du jeune homme, appréciant sa texture ferme et lisse.

- *Alors mon garçon, on fait moins le fier à présent n'est-ce pas ?*

susurra-t-il en pinçant vicieusement un téton.

- *Ne vous inquiétez pas, nous allons*

parfaitement prendre soin de vous

Incapable de parler sans autorisation, Ethan détourna les yeux avec embarras. L'homme glissa une main entre ses cuisses pour empoigner fermement ses parties intimes.

- *Mmm belle enveloppe lisse et virile. Vous allez être un jouet exquis une fois dressé*

Il titilla la verge qui commençait à bander malgré la gêne d'Ethan. Puis il porta ses doigts à ses lèvres pour en lécher le précieux nectar, sous le regard outré de sa victime.

- *Parfait, encore un peu de caractère... Nous nous ferons un plaisir de vous le faire perdre*

Il termina son exploration humiliante en enfonçant brutalement deux doigts dans l'intimité d'Ethan, lui arrachant une grimace de souffrance. Puis il regagna le buffet, laissant le jeune homme pantelant et plus rouge que jamais.

À ses côtés, Gabin subissait le même sort, cambré et frémissant sous les attouchements dégradants qu'on lui faisait endurer avec délectation. Lui et Ethan échangèrent un regard entendu. Ils n'en avaient pas fini avec ces rituels pervers
Enfin, Louis vint les détacher après de longues heures d'exposition humiliante et leur passa des laisses autour du cou.

Telles de vulgaires bêtes de foire, ils furent ramenés

à quatre pattes jusqu'à leurs quartiers, sous les rires narquois des notables repus.

Là les attendaient Alexandre, Steven et Gabe qui les accueillirent avec soulagement.

- *Putain les gars, on s'est fait un sang d'encre ! Alors ?*

Ethan eut un pâle sourire, encore sous le choc des derniers outrages subis.

- *Disons qu'on nous a bien fait comprendre notre place... Celle d'objets destinés à satisfaire leurs moindres pulsions*

Steven et Alexandre échangèrent un regard entendu.

- *Ouais, on sait ce que c'est. Mais vous avez survécu et c'est le principal, même si vos cul doivent êtres bien dilatés !*

Ils tapèrent amicalement l'épaule de leurs camarades avant de les allonger pour leur prodiguer un massage apaisant. Leurs mains expertes dénouèrent peu à peu les contractures et chassèrent les vilains souvenirs de cette soirée.

Bercés par leurs attentions bienveillantes, Ethan et Gabin finirent par sombrer dans un sommeil réparateur, épuisés mais soulagés d'avoir passé cette ultime épreuve initiatique.

Leurs épreuves étaient terminées. Ils étaient désormais prêts à endosser pleinement leur rôle d'esclaves de chair voués à assouvir les désirs les plus inavouables de leurs riches maîtres...

Le lendemain, Ethan et Gabin furent convoqués une dernière fois par le directeur Hernand. Encore courbaturés, ils se présentèrent à son bureau, craignant de nouvelles épreuves.

Mais contre toute attente, Hernand arborait un large sourire.

- *Mes félicitations, jeunes hommes. Vous êtes sortis grandis de ces tests exigeants. Le Cercle a été conquis par votre abnégation et votre endurance*

Il joignit ses mains sur le bureau.

- *Par conséquent, vos contrats définitifs ont été rédigés. Vous appartenez désormais corps et âme à l'Hacienda pour assouvir les fantasmes de nos prestigieux clients.*

Ethan et Gabin ressentirent un mélange d'appréhension et d'excitation à cette nouvelle. Leur servitude était à présent gravée dans le marbre.

- *Profitez de quelques jours de répit bien mérité*

reprit Hernand.

- *Votre formation commence bientôt. Obéissez à vos superviseurs en tous points, et un brillant avenir vous attend*

Sur ces paroles énigmatiques, il les congédia. De retour auprès de leurs camarades Alexandre, Steven et Gabe, ils furent accueillis en véritables héros.

- *Bravo les gars, je savais que vous réussiriez ! s'exclama Alexandre en leur donnant une accolade virile.*

- *Maintenant vous faites vraiment partie de l'élite des batards !*

Ethan eut un pâle sourire.

- *Oui, mais je sens que le plus dur reste à venir...*

Ses pressentiments furent confirmés lorsque Louis vint les chercher quelques jours plus tard. Son visage fermé n'augurait rien de bon.

- *Batârds, suivez-moi. Le moment est venu de peaufiner votre dressage*

Résignés, Ethan et Gabin lui emboîtèrent le pas à travers les dédales de couloirs de l'Hacienda jusqu'à une partie plus reculée. Louis ouvrit une lourde porte en métal qui grinça lugubrement.

- *Bienvenue au Pavillon de Discipline. Vous allez y achever votre conditionnement*

Il les conduisit dans une sinistre salle capitonnée où les attendait une silhouette entravée et masquée. Seuls un torse musculeux luisant d'huile et des cuisses fermes dépassaient de cuissardes de cuir lacées.

- *Batârds, permettez-moi de vous présenter Mathis, notre pensionnaire le plus docile*

déclara Louis.

- Sa responsabilité vous incombe désormais. Corrigez-le selon vos désirs et sans solidarité

Sur ce, il les laissa seuls avec l'énigmatique prisonnier. Intrigués, Ethan et Gabin s'approchèrent pour découvrir son visage dissimulé.

Lorsqu'ils retirèrent le masque, ils hoquetèrent de surprise.

Mathis était un très joli garçon d'une vingtaine d'années à la peau diaphane et au regard voilé. Ses traits androgynes étaient d'une pureté troublante, avec des lèvres charnues faîtes pour le baiser.

Son corps dégageait une odeur de sperme qui éveilla immédiatement le désir des deux hommes

- *Alors, surpris ?*

murmura Mathis d'une voix suave.

- *Oui je suis ici pour votre plaisir, un bâtard en cadeaux a des bâtards*

Sa voix était presque suppliante. Visiblement, il avait été conditionné pour réclamer l'asservissement le plus total. Une lueur de convoitise passa dans le regard d'Ethan. Cette créature semblait modelée pour satisfaire leurs fantasmes les plus tabous.

-   *Avec plaisir, belle esclave*

susurra Ethan en passant une main possessive sur le torse luisant.

Oui, de nouveaux défis obscènes les attendaient, toujours plus extrêmes, toujours plus délicieusement interdits...

Mais Ethan et Gabin étaient désormais pleinement préparés pour cette existence de débauche et de soumission. Leur avenir serait un tourbillon de plaisirs pervers au service de maîtres richissimes et dépravés.

Et cela leur convenait parfaitement. Leurs âmes de parfaits soumis s'étaient enfin épanouies

MOT DE L'AUTEUR

Merci infiniment pour l'accueil réservé à mon dernier livre, fruit d'un long travail d'écriture. Votre intérêt me touche énormément.

J'espère avoir réussi à vous transporter le temps de cette lecture dans un univers singulier, où l'imaginaire permet d'explorer des contrées inédites.

Vos retours sont plus qu'appréciés, ils sont vitaux pour la création qui est un art vivant et ma motivation. Savoir que mes mots trouvent un écho, aussi confidentiel soit-il, est ce qui anime ma plume au quotidien. Si le retour est positif, j'écrirai encore des nouvelles aventures pour vous satisfaire.

En vous remerciant encore pour le temps accordé à cet ouvrage. En espérant vous retrouver prochainement pour de nouvelles aventures.

Contact : VIGOR.MIRAGE@GMAIL.COM
Twitter : @VigorMirage

Et retrouver moi sur Amazon

N'oubliez pas de visiter ma page d'auteur Amazon

pour rester à jour avec mes dernières publications et redécouvrir d'autres récits qui sauront titiller votre imagination : **Vigor Mirage sur Amazon et twitter**

Un grand merci pour votre confiance continuelle et votre soutien indéfectible.

À très bientôt dans un nouveau voyage sensuel.

Vigor MIRAGE

Printed in France by Amazon
Brétigny-sur-Orge, FR

16225526R00076